IMPRESO EN PAPEL ECOLÓGICO
(EXENTO DE CLORO)

Julio Cortázar

El perseguidor

Alianza Editorial

Diseño de cubierta: Ángel Uriarte

Calle J. I. Luca de Tena, 15, 28027 Madrid; teléf. 741 66 00
ISBN: 84-206-4610-5
Depósito legal: B. 33.888-93
Impreso en NOVOPRINT, S.A.
Printed in Spain

In memoriam Ch. P.

Sé fiel hasta la muerte.
Apocalipsis, 2, 10.

O make me a mask.
Dylan Thomas.

Dédée me ha llamado por la tarde diciéndome que Johnny no estaba bien, y he ido en seguida al hotel. Desde hace unos días Johnny y Dédée viven en un hotel de la rue Lagrange, en una pieza del cuarto piso. Me ha bastado ver la puerta de la pieza para darme cuenta de que Johnny está en la peor de las miserias; la ventana da a un patio casi negro, y a la una de la tarde hay que tener la luz encendida si se quiere leer el diario o verse la cara. No hace frío, pero he encontrado a Johnny envuelto en una frazada encajado en un roñoso sillón que larga por todos lados pedazos de estopa amarillenta. Dédée está envejecida y el vestido rojo le queda muy mal; es un vestido para el trabajo, para las luces de la escena; en esa pieza del hotel se convierte en una especie de coágulo repugnante.

—El compañero Bruno es fiel como el mal aliento —ha dicho Johnny a manera de saludo, remontando las rodillas hasta apoyar en ellas el mentón. Dédée me ha alcanzado una silla y yo he sacado un paquete de Gauloises. Traía un frasco de ron en el bolsillo, pero no he querido mostrarlo hasta hacerme una idea de lo que pasa. Creo que lo más irritante era la lamparilla con su ojo arrancado colgando del hilo sucio de moscas. Después de mirarla una o dos veces, y ponerme la mano como pantalla, le he preguntado a Dédée si no podíamos apagar la lamparilla y arreglarnos con la luz de la ventana. Johnny seguía mis palabras y mis gestos con una gran atención distraída, como un gato que mira fijo pero se ve que está por completo en otra cosa; que es otra cosa. Por fin Dédée se ha levantado y ha apagado la luz. En lo que quedaba, una mezcla de gris y negro, nos hemos reconocido mejor. Johnny ha sacado una de sus largas manos flacas de debajo de la frazada, y yo he sentido la fláccida tibieza de su piel. Entonces Dédée ha dicho que iba a preparar unos nescafés. Me ha alegrado saber que por lo menos tienen una lata de nescafé. Siempre que una persona tiene una lata de nescafé me doy cuenta de que no está en la última miseria; todavía puede resistir un poco.

—Hace rato que no nos veíamos —le he dicho a Johnny—. Un mes por lo menos.

—Tú no haces más que contar el tiempo —me ha contestado de mal humor—. El primero, el dos, el tres, el veintiuno. A todo le pones un número, tú. Y ésta es igual. ¿Sabes por qué está furiosa? Porque he perdido el saxo. Tiene razón, después de todo.

—¿Pero cómo has podido perderlo? —le he preguntado, sabiendo en el mismo momento que era justamente lo que no se le puede preguntar a Johnny.

—En el *métro* —ha dicho Johnny—. Para mayor seguridad lo había puesto debajo del asiento. Era magnífico viajar sabiendo que lo tenía debajo de las piernas, bien seguro.

—Se dio cuenta cuando estaba subiendo la escalera del hotel —ha dicho Dédée, con la voz un poco ronca—. Y yo tuve que salir como una loca a avisar a los de *métro,* a la policía.

Por el silencio siguiente me he dado cuenta de que ha sido tiempo perdido. Pero Johnny ha empezado a reírse como hace él, con una risa más atrás de los dientes y de los labios.

—Algún pobre infeliz tratando de sacarle algún sonido —ha dicho—. Era uno de los peores saxos que he tenido nunca; se veía que Doc Rodríguez había tocado en él, estaba completamente deformado por el lado del alma. Como aparato en sí no era malo, pero Rodríguez es capaz de echar a perder un Stradivarius con solamente afinarlo.

—¿Y no puedes conseguir otro?

—Es lo que estamos averiguando —ha dicho Dédée—. Parece que Roy Friend tiene uno. Lo malo es que el contrato de Johnny...

—El contrato —ha remedado Johnny—. Qué es eso del contrato. Hay que tocar y se acabó, y no tengo saxo ni dinero para comprar uno, y los muchachos están igual que yo.

Esto último no es cierto, y los tres lo sabemos. Nadie se atreve ya a prestarle un instrumento a Johnny, porque lo pierde o acaba con él en seguida. Ha perdido el saxo de Louis Rolling en Bordeaux, ha roto en tres pedazos, pisoteándolo y golpeándolo, el saxo que Dédée había comprado cuando lo contrataron para una gira por Inglaterra. Nadie sabe ya cuántos instrumentos lleva perdidos, empeñados o rotos. Y en todos ellos tocaba como yo creo que solamente un dios puede tocar un saxo alto, suponiendo que hayan renunciado a las liras y a flautas.

—¿Cuándo empiezas, Johnny?

—No sé. Hoy, creo, ¿eh Dé?

—No, pasado mañana.

—Todo el mundo sabe las fechas menos yo —rezonga Johnny, tapándose hasta las orejas con la frazada—. Hubiera jurado que era esta noche, y que esta tarde había que ir a ensayar.

—Lo mismo da —ha dicho Dédée—. La cuestión es que no tiene saxo.

—¿Cómo lo mismo da? No es lo mismo. Pasado mañana es después de mañana, y mañana es mucho después de hoy. Y hoy mismo es bastante después de ahora, en que estamos charlando con el compañero Bruno y yo me sentiría mucho mejor si me pudiera olvidar del tiempo y beber alguna cosa caliente.

—Ya va a hervir el agua, espera un poco.

—No me refería al calor por ebullición —ha dicho Johnny. Entonces he sacado el frasco de ron y ha sido como si encendiéramos la luz, porque Johnny ha abierto de par en par la boca, maravillado, y sus dientes se han puesto a brillar, y hasta Dédée ha tenido que sonreírse al verlo tan asombrado y contento. El ron con el nescafé no estaba mal del todo, y los tres nos hemos sentido mucho mejor después del segundo trago y de un cigarrillo. Ya para entonces he advertido que Johnny se retraía poco a poco y que seguía haciendo alusiones al tiempo, un tema que le preocupa desde que lo conozco. He visto pocos hombres tan preocupados por todo lo que se refiere al tiempo. Es una manía, la peor de sus manías, que son tantas. Pero él la despliega y la explica con una gracia que pocos pueden resistir. Me he acordado de un ensayo antes de una grabación, en Cincinnati, y esto era mucho antes de venir a París en el cuarenta y nueve o el cincuenta. Johnny estaba en gran forma en esos días, y yo había ido al ensayo nada más que para escucharlo a él y también a Miles Davis. Todos tenían ganas de tocar, estaban contentos, andaban bien vestidos (de esto me acuerdo quizá por contraste, por lo mal vestido y lo sucio que anda ahora Johnny), tocaban con gusto, sin ninguna impaciencia, y el técnico de sonido hacía señales de contento detrás de su ventanilla, como un babuino satisfecho. Y justamente en ese momento, cuando Johnny estaba como perdido en su alegría, de golpe dejó de tocar y soltándole un puñetazo a no sé quién dijo: «Esto lo estoy tocando mañana», y los muchachos se quedaron cortados, apenas dos o tres siguiendo unos compases, como un tren que tarda en frenar, y Johnny se golpeaba la frente y repetía: «Esto ya lo toqué mañana, es horrible, Miles, esto ya lo toqué mañana», y no lo podían hacer salir de eso, y a partir de entonces todo anduvo mal, Johnny tocaba sin ganas y deseando irse (a drogarse otra vez, dijo el técnico de sonido muerto de rabia), y cuando lo vi salir, tambaleándose y con la cara cenicienta, me pregunté si eso iba a durar todavía mucho tiempo.

—Creo que llamaré al doctor Bernard —ha dicho Dédée, mirando de reojo a Johnny, que bebe su ron a pequeños sorbos—. Tienes fiebre, y no comes nada.

—El doctor Bernard es un triste idiota —ha dicho Johnny, lamiendo su vaso—. Me va a dar aspirinas, y después dirá que le gusta muchísimo el jazz, por ejemplo Ray Noble. Te das una idea, Bruno. Si tuviera el saxo lo recibiría con una música que lo haría bajar de vuelta los cuatro pisos con el culo en cada escalón.

—De todos modos no te hará mal tomarte las aspirinas —he dicho, mirando de reojo a Dédée—. Si quieres yo telefonearé al salir, así Dédée no tiene que bajar. Oye, pero ese contrato... Si empiezas pasado mañana creo que se podrá hacer algo. También yo puedo tratar de sacarle un saxo a Rory Friend. Y en el peor de los casos... La cuestión es que vas a tener que andar con más cuidado, Johnny.

— Hoy no —ha dicho Johnny mirando al frasco de ron—. Mañana, cuando tenga el saxo. De manera que no hay por qué hablar de eso ahora. Bruno, cada vez me doy mejor cuenta de que el tiempo... Yo creo que la música ayuda siempre a comprender un poco este asunto. Bueno, no a comprender porque la verdad es que no comprendo nada. Lo único que hago es darme cuenta de que hay algo. Como esos sueños, no es cierto, en que empiezas a sospecharte que todo se va a echar a perder, y tienes un poco de miedo por adelantado; pero al mismo tiempo no estás nada seguro, y a lo mejor todo se da vuelta como un panqueque y de repente estás acostado con una chica preciosa y todo es divinamente perfecto.

Dédée está lavando las tazas y los vasos en un rincón del cuarto. Me he dado cuenta de que ni siquiera tienen agua corriente en la pieza; veo una palangana con flores rosadas y una jofaina que me hace pensar en un animal embalsamado. Y Johnny sigue hablando con la boca tapada a medias por la frazada, y también él parece un embalsamado con las rodillas contra el mentón y su cara negra y lisa que el ron y la fiebre empiezan a humedecer poco a poco.

—He leído algunas cosas sobre todo eso, Bruno. Es muy raro, y en realidad tan difícil... Yo creo que la música ayuda, sabes. No a entender, porque en realidad no entiendo nada. —Se golpea la cabeza con el puño cerrado. La cabeza le suena como un coco.

—No hay nada aquí dentro, Bruno, lo que se dice nada. Esto no piensa ni entiende nada. Nunca me ha hecho falta, para decirte la verdad. Yo empiezo a entender de los ojos para abajo, y cuanto más abajo mejor entiendo. Pero no es realmente entender, en eso estoy de acuerdo.

—Te va a subir la fiebre —ha rezongado Dédée desde el fondo de la pieza.

—Oh, cállate. Es verdad, Bruno. Nunca he pensado en nada, solamente de golpe me doy cuenta de lo que he pensado, pero eso no tiene gracia, ¿verdad? ¿Qué gracia va a tener darse cuenta de que uno ha pensado algo? Para el caso es lo mismo que si pensaras tú o cualquier otro. No soy yo, yo. Simplemente saco provecho de lo que pienso, pero siempre después, y eso es lo que no aguanto. Ah, es difícil, es tan difícil... ¿No ha quedado ni un trago?

Le he dado las últimas gotas de ron, justamente cuando Dédée volvía a encender la luz; ya casi no se veía en la pieza. Johnny está sudando, pero sigue envuelto en la frazada, y de cuando en cuando se estremece y hace crujir el sillón.

—Me di cuenta cuando era muy chico, casi en seguida de aprender a tocar el saxo. En mi casa había siempre un lío de todos los diablos, y no se hablaba más que de deudas, de hipotecas. ¿Tú sabes lo que es una hipoteca? Debe ser algo terrible, porque la vieja se tiraba de los pelos cada vez que el viejo hablaba de la hipoteca, y acababan a los golpes. Yo tenía trece años... pero ya has oído todo eso.

Vaya si lo he oído; vaya si he tratado de escribirlo bien y verídicamente en mi biografía de Johnny.

13

—Por eso en casa el tiempo no acababa nunca, sabes. De pelea en pelea, casi sin comer. Y para colmo la religión, ah, eso no te lo puedes imaginar. Cuando el maestro me consiguió un saxo que te hubieras muerto de risa si lo ves, entonces creo que me di cuenta en seguida. La música me sacaba del tiempo, aunque no es más que una manera de decirlo. Si quieres saber lo que realmente siento, yo creo que la música me metía en el tiempo. Pero entonces hay que creer que este tiempo no tiene nada que ver con... bueno, con nosotros, por decirlo así.

Como hace rato que conozco las alucinaciones de Johnny, de todos los que hacen su misma vida, lo escucho atentamente pero sin preocuparme demasiado por lo que dice. Me pregunto en cambio cómo habrá conseguido la droga en París. Tendré que interrogar a Dédée, suprimir su posible complicidad. Johnny no va a poder resistir mucho más en ese estado. La droga y la miseria no saben andar juntas. Pienso en la música que se está perdiendo, en las docenas de grabaciones donde Johnny podría seguir dejando esa presencia, ese adelanto asombroso que tiene sobre cualquier otro músico. «Esto lo estoy tocando mañana» se me llena de pronto de un sentido clarísimo, porque Johnny siempre está tocando mañana y el resto viene a la zaga, en este hoy que él salta sin esfuerzo con las primeras notas de su música.

Soy un crítico de jazz lo bastante sensible como para comprender mis limitaciones, y me doy cuenta de que lo que estoy pensando está por debajo del plano donde el pobre Johnny trata de avanzar con sus frases truncadas, sus suspiros, sus súbitas rabias y sus llantos. A él le importa un bledo que yo lo crea genial, y nunca se ha envanecido de que su música esté mucho más allá de la que tocan sus compañeros. Pienso melancólicamente que él está al principio de su saxo mientras yo vivo obligado a conformarme con el final. Él es la boca y yo la oreja, por no decir que él es la boca y yo... Todo crítico, ay, es el triste final de algo que empezó como sabor, como delicia de morder y mascar. Y la boca se mueve otra vez, golosamente la gran lengua de Johnny recoge un chorrito de saliva de los labios. Las manos hacen un dibujo en el aire.

—Bruno, si un día lo pudieras escribir... No por mí, entiendes, a mí qué me importa. Te estaba diciendo que cuando empecé a tocar de chico me di cuenta de que el tiempo cambiaba. Esto se lo conté una vez a Jim y me dijo que todo el mundo se siente lo mismo, y que cuando uno se abstrac... Dijo así, cuando uno se abstrae. Pero no, yo no me abstraigo cuando toco. Solamente que cambio de lugar. Es como en un ascensor, tú estás en el ascensor ha-

15

blando con la gente, y no sientes nada raro, y entre tanto pasa el primer piso, el décimo, el veintiuno, y la ciudad se queda ahí abajo, y tú estás terminando la frase que habías empezado al entrar, y entre las primeras palabras y las últimas hay cincuenta y dos pisos. Yo me di cuenta cuando empecé a tocar que entraba en un ascensor, pero era un ascensor de tiempo, si te lo puedo decir así. No creas que me olvidaba de la hipoteca o de la religión. Solamente que en esos momentos la hipoteca y la religión eran como el traje que uno no tiene puesto; yo sé que el traje está en el ropero, pero a mí no vas a decirme que en este momento ese traje existe. El traje existe cuando me lo pongo, y la hipoteca y la religión existían cuando terminaba de tocar y la vieja entraba con el pelo colgándole en mechones y se quejaba de que yo le rompía las orejas con esa-música-del-diablo.

Dédée ha traído otra taza de nescafé, pero Johnny mira tristemente su vaso vacío.

—Esto del tiempo es complicado, me agarra por todos lados. Me empiezo a dar cuenta poco a poco de que el tiempo no es como una bolsa que se rellena. Quiero decir que aunque cambie el relleno, en la bolsa no cabe más que una cantidad y se acabó. ¿Ves mi valija, Bruno? Caben dos trajes y dos pares de zapatos. Bueno, ahora imagínate que la vacías y después vas a poner de nuevo los dos trajes y los dos pares de zapatos, y entonces te das cuenta de que solamente caben un traje y un par de zapatos. Pero lo mejor no es eso. Lo mejor es cuando te das cuenta de que puedes meter una tienda entera en la valija, cientos y cientos de trajes, como yo meto la música en el tiempo cuando estoy tocando, a veces. La música y lo que pienso cuando viajo en el *métro*.

—Cuando viajas en el *métro*.

—Eh, sí, ahí está la cosa —ha dicho socarronamente Johnny—. El *métro* es un gran invento, Bruno. Viajando en el *métro* te das cuenta de todo lo que podría caber en la valija. A lo mejor no perdí el saxo en el *métro,* a lo mejor...

Se echa a reír, tose, y Dédée lo mira inquieta. Pero él hace gestos, y se ríe y tose mezclando todo, sacudiendo de debajo de la frazada como un chimpancé. Le caen lágrimas y se las bebe, siempre riendo.

—Mejor es no confundir las cosas —dice después de un rato—. Lo perdí y se acabó. Pero el *métro* me ha servido para darme cuenta del truco de la valija. Mira, esto de las cosas elásticas es muy raro, yo lo siento en todas partes. Todo es elástico, chico. Las cosas que parecen duras tienen una elasticidad...

Piensa, concentrándose.

—... una elasticidad retardada — agrega sorprendentemente. Yo hago un gesto de admiración aprobatoria. Bravo, Johnny. El hombre que dice que no es capaz de pensar. Vaya con Johnny. Y ahora estoy realmente interesado por lo que va a decir, y él se da cuenta y me mira más socarronamente que nunca.

—¿Tú crees que podré conseguir otro saxo para tocar pasado mañana, Bruno?

—Sí, pero tendrás que tener cuidado.

—Claro, tendré que tener cuidado.

—Un contrato de un mes —explica la pobre Dédée—. Quince días en la *boîte* de Rémy, dos conciertos y los discos. Podríamos arreglarnos tan bien.

—Un contrato de un mes —remeda Johnny con grandes gestos—. La *boîte* de Rémy, dos conciertos y los discos. Bebata-bop bop bop, chrrr. Lo que tiene es sed, una sed, una sed. Y unas ganas de fumar, de fumar. Sobre todo unas ganas de fumar.

Le ofrezco un paquete de Gauloises, aunque sé muy bien que está pensando en la droga. Ya es de noche, en el pasillo empieza un ir y venir de gente, diálogos en árabe, una canción. Dédée se ha marchado, probablemente a comprar alguna cosa para la cena. Siento la mano de Johnny en la rodilla.

—Es una buena chica, sabes. Pero me tiene harto. Hace rato que no la quiero, que no puedo sufrirla. Todavía me excita, a ratos, sabe hacer el amor como... —junta los dedos a la italiana—. Pero tengo que librarme de ella, volver a Nueva York, Bruno.

—¿Para qué? Allá te estaba yendo peor que aquí. No me refiero al trabajo sino a tu vida misma. Aquí me parece que tienes más amigos.

—Sí, estás tú y la marquesa, y los chicos del club... ¿Nunca hiciste el amor con la marquesa, Bruno?

—No.

—Bueno, es algo que... Pero yo te estaba hablando del *métro,* y no sé por qué cambiamos de tema. El *métro* es un gran invento, Bruno. Un día empecé a sentir algo en el *métro,* después me olvidé... Y entonces se repitió, dos o tres días después. Y al final me di cuenta. Es fácil de explicar, sabes, pero es fácil porque en realidad no es la verdadera explicación. La verdadera explicación sencillamente no se puede explicar. Tendrías que tomar el *métro* y esperar a que te ocurra, aunque me parece que eso solamente me ocurre a mí. Es un poco así, mira. ¿Pero de verdad nunca hiciste el amor con la marquesa? Le tienes que pedir que suba al taburete dorado que tiene en el rincón del dormitorio, al lado de una lámpara muy bonita, y entonces... Bah, ya está ésa de vuelta.

Dédée entra con un bulto, y mira a Johnny.

—Tienes más fiebre. Ya telefoneé al doctor, va a venir a las diez. Dice que te quedes tranquilo.

—Bueno, de acuerdo, pero antes le voy a contar lo del *métro* a Bruno. El otro día me di bien cuenta de lo que pasaba. Me puse a pensar en mi vieja, después en Lan y los chicos, y claro, al momento me parecía que estaba caminando por mi barrio, y veía las caras de los muchachos, los de aquel tiempo. No era pensar, me parece que ya te he dicho muchas veces que yo no pienso nunca; estoy como parado en una esquina viendo pasar lo que pienso, pero no pienso lo que veo. ¿Te das cuenta? Jim dice que todos somos iguales, que en general (así dice) uno no piensa por su cuenta. Pongamos que sea así, la cuestión es que yo había tomado el *métro* en la estación de Saint-Michel y en seguida me puse a pensar en Lan y los chicos, y a ver el barrio. Apenas me senté me puse a pensar en ellos. Pero al mismo tiempo me daba cuenta de que estaba en el *métro,* y vi que al cabo de un minuto más o menos llegábamos a Odéon, y que la gente entraba y salía. Entonces seguí pensando en Lan y vi a mi vieja cuando volvía de hacer las compras, y empecé a verlos a todos, a estar con ellos de una manera hermosísima, como hacía mucho que no sentía. Los recuerdos son siempre un asco, pero esta vez me gustaba pensar en los chicos y verlos. Si me pongo a contarte todo lo que vi no lo vas a creer porque

tendría para rato. Y eso que ahorraría detalles.
Por ejemplo, para decirte una sola cosa, veía a Lan
con un vestido verde que se ponía cuando iba al
Club 33 donde yo tocaba con Hamp. Veía el vestido con unas cintas, un moño, una especie de ador-
no al costado y un cuello... No al mismo tiempo,
sino que en realidad me estaba paseando alrededor
del vestido de Lan y lo miraba despacio. Y después
miré la cara de Lan y la de los chicos, y después me
acordé de Mike que vivía en la pieza de al lado, y
cómo Mike me había contado la historia de unos
caballos salvajes en Colorado, y él que trabajaba
en un rancho y hablaba sacando pecho como los
domadores de caballos...

—Johnny —ha dicho Dédée desde su rincón.

—Fíjate que solamente te cuento un pedacito de
todo lo que estaba pensando y viendo. ¿Cuánto
hará que te estoy contando este pedacito?

—No sé, pongamos unos dos minutos.

—Pongamos unos dos minutos —remeda
Johnny—. Dos minutos y te he contado un pedacito nada más. Si te contara todo lo que les vi hacer a
los chicos, y cómo Hamp tocaba *Save it, pretty
mamma* y yo escuchaba cada nota, entiendes, cada
nota, y Hamp no es de los que se cansan, y si te
contara que también le oí a mi vieja una oración
larguísima, donde hablaba de repollos, me parece,
pedía perdón por mi viejo y por mí y decía algo de

unos repollos... Bueno, si te contara en detalle todo eso, pasaríamos más de dos minutos, ¿eh, Bruno?

—Si realmente escuchaste y viste todo eso, pasaría un buen cuarto de hora —le he dicho, riéndome.

—Pasaría un buen cuarto de hora, eh, Bruno. Entonces me vas a decir cómo puede ser que de repente siento que el *métro* se para y yo me salvo de mi vieja y Lan y todo aquello, y veo que estamos en Saint Germain-des-Prés, que queda justo a un minuto y medio de Odéon.

Nunca me preocupo demasiado por las cosas que dice Johnny, pero ahora, con su manera de mirarme, he sentido frío.

—Apenas un minuto y medio por tu tiempo, por el tiempo de ésa —ha dicho rencorosamente Johnny—. Y también por el del *métro* y el de mi reloj, malditos sean. Entonces, ¿cómo puede ser que yo haya estado pensando un cuarto de hora, eh Bruno? ¿Cómo se puede pensar un cuarto de hora en un minuto y medio? Te juro que ese día no había fumado ni un pedacito, ni una hojita —agrega como un chico que se excusa—. Y después me ha vuelto a suceder en todas partes. Pero —agrega astutamente— sólo en el *métro* me puedo dar cuenta porque viajar en el *métro* es como estar metido en un reloj. Las estaciones son los minutos, comprendes, es ese tiempo de ustedes, de ahora; pero yo sé que hay otro, y he estado pensando, pensando...

Se tapa la cara con las manos y tiembla. Yo quisiera haberme ido ya, y no sé cómo hacer para despedirme sin que Johnny se resienta, porque es terriblemente susceptible con sus amigos. Si sigue así le va a hacer mal, por lo menos con Dédée no va a hablar de esas cosas.

—Bruno, si yo pudiera solamente vivir como en esos momentos, o como cuando estoy tocando y también el tiempo cambia... Te das cuenta de lo que podría pasar en un minuto y medio... Entonces un hombre, no solamente yo sino ésa y tú y todos los muchachos, podrían vivir cientos de años, si encontráramos la manera podríamos vivir mil veces más de lo que estamos viviendo por culpa de los relojes, de esa manía de minutos y de pasado mañana...

Sonrío lo mejor que puedo, comprendiendo vagamente que tiene razón, pero que lo que él sospecha y lo que yo presiento de sus sospechas se va a borrar como siempre apenas esté en la calle y me meta en mi vida de todos los días. En ese momento estoy seguro de que Johnny dice algo que no nace solamente de que está medio loco, de que la realidad se le escapa y le deja en cambio una especie de parodia que él convierte en una esperanza. Todo lo que Johnny me dice en momentos así (ya hace más de cinco años que Johnny me dice y les dice a todos cosas parecidas) no se puede escuchar prometiéndose volver a pensarlo más tarde. Apenas se está en la calle, apenas es el recuerdo y no Johnny quien repite las palabras, todo se vuelve un fantaseo de la marihuana, un manotear monótono (porque hay otros que dicen cosas parecidas, a cada rato se sabe de testimonios parecidos) y después de la maravilla nace la irritación, y a mí por lo menos me pasa que siento como si Johnny me hubiera estado tomando el pelo. Pero esto ocurre siempre al otro día, no cuando Johnny me lo está diciendo, porque entonces siento que hay algo que quiere ceder en alguna parte, una luz que busca encenderse, o más bien como si fuera necesario quebrar alguna cosa, quebrarla de arriba abajo como un tronco metiéndole una cuña y martillando hasta el final. Y Johnny ya no tiene fuerzas para martillar nada, y yo ni siquiera sé qué martillo haría falta para meter una cuña que tampoco me imagino.

De manera que al final me he ido de la pieza, pero antes ha pasado una de esas cosas que tienen que pasar —ésa u otra parecida—, y es que cuando me estaba despidiendo de Dédée y le daba la espalda a Johnny he sentido que algo ocurría, lo he visto en los ojos de Dédée y me he vuelto rápidamente (porque a lo mejor le tengo un poco de miedo a Johnny, a este ángel que es como mi hermano, a este hermano que es como mi ángel) y he visto a Johnny que se ha quitado de golpe la frazada con que estaba envuelto, y lo he visto sentado en el sillón completamente desnudo, con las piernas levantadas y las rodillas junto al mentón, temblando pero riéndose, desnudo de arriba abajo en el sillón mugriento.

—Empieza a hacer calor —ha dicho Johnny—. Bruno, mira qué hermosa cicatriz tengo entre las costillas.

—Tápate —ha mandado Dédée, avergonzada y sin saber qué decir. Nos conocemos bastante y un hombre desnudo no es más que un hombre desnudo, pero de todos modos Dédée ha tenido vergüenza y yo no sabía cómo hacer para no dar la impresión de que lo que estaba haciendo Johnny me chocaba. Y él lo sabía y se ha reído con toda su bocaza, obscenamente manteniendo las piernas levantadas, el sexo colgándole al borde del sillón como un mono en el zoo, y la piel de los muslos con unas raras manchas que me han dado un asco infinito. Entonces, Dédée ha agarrado la frazada y lo ha envuelto presurosa, mientras Johnny se reía y parecía muy feliz. Me he despedido vagamente, prometiendo volver al otro día, y Dédée me ha acompañado hasta el rellano, cerrando la puerta para que Johnny no oiga lo que va a decirme.

—Está así desde que volvimos de la gira por Bélgica. Había tocado tan bien en todas partes, y yo estaba tan contenta.

—Me pregunto de dónde habrá sacado la droga —he dicho, mirándola en los ojos.

—No sé. Ha estado bebiendo vino y coñac casi todo el tiempo. Pero también ha fumado, aunque menos que allá...

Allá es Baltimore y Nueva York, son los tres meses en el hospital psiquiátrico de Bellevue, y la larga temporada en Camarillo.

—¿Realmente Johnny tocó bien en Bélgica, Dédée?

—Sí, Bruno, me parece que mejor que nunca. La gente estaba enloquecida, y los muchachos de la orquesta me lo dijeron muchas veces. De repente pasaban cosas raras, como siempre con Johnny, pero por suerte nunca delante del público. Yo creí... pero ya ve, ahora es peor que nunca.

—¿Peor que en Nueva York? Usted no lo conoció en esos años.

Dédée no es tonta, pero a ninguna mujer le gusta que le hablen de su hombre cuando aún no estaba en su vida, aparte de que ahora tiene que aguantarlo y lo de antes no son más que palabras. No sé cómo decírselo y ni siquiera le tengo plena confianza, pero al final me decido.

—Me imagino que se han quedado sin dinero.

—Tenemos ese contrato para empezar pasado mañana —ha dicho Dédée.

—¿Usted cree que va a poder grabar y presentarse en público?

—Oh, sí —ha dicho Dédée un poco sorprendida—. Johnny puede tocar mejor que nunca si el doctor Bernard le corta la gripe. La cuestión es el saxo.

—Me voy a ocupar de eso. Aquí tiene, Dédée. Solamente que... Lo mejor sería que Johnny no lo supiera.

—Bruno...

Con un gesto, y empezando a bajar la escalera, he detenido las palabras imaginables, la gratitud inútil de Dédée. Separado de ella por cuatro o cinco peldaños me ha sido más fácil decírselo.

—Por nada del mundo tiene que fumar antes del primer concierto. Déjelo beber un poco pero no le dé dinero para lo otro.

Dédée no ha contestado nada, aunque he visto cómo sus manos doblaban y doblaban los billetes, hasta hacerlos desaparecer. Por lo menos tengo la seguridad de que Dédée no fuma. Su única complicidad puede nacer del miedo o del amor. Si Johnny se pone de rodillas, como lo he visto en Chicago, y le suplica llorando... Pero es un riesgo como tantos otros con Johnny, y por el momento habrá dinero para comer y para remedios. En la calle me he subido el cuello de la gabardina porque empezaba a lloviznar, y he respirado hasta que me dolieron los pulmones; me ha parecido que París olía a limpio, a pan caliente. Sólo ahora me he dado cuenta de cómo olía la pieza de Johnny, el cuerpo de Johnny sudando bajo la frazada. He entrado en un café para beber un coñac y lavarme la boca, quizá también la memoria que insiste e insiste en las palabras de Johnny, sus cuentos, su manera de ver lo que yo no veo y en el fondo no quiero ver. Me he puesto a pensar en pasado mañana y era como una tranquilidad, como un puente bien tendido del mostrador hacia adelante.

Cuando no se está demasiado seguro de nada, lo mejor es crearse deberes a manera de flotadores. Dos o tres días después he pensado que tenía el deber de averiguar si la marquesa le está facilitando marihuana a Johnny Carter, y he ido al estudio de Montparnasse. La marquesa es verdaderamente una marquesa, tiene dinero a montones que le viene del marqués, aunque hace rato que se hayan divorciado a causa de la marihuana y otras razones parecidas. Su amistad con Johnny viene de Nueva York, probablemente del año en que Johnny se hizo famoso de la noche a la mañana simplemente porque alguien le dio la oportunidad de reunir a cuatro o cinco muchachos a quienes les gustaba su estilo, y Johnny pudo tocar a sus anchas por primera vez y los dejó a todos asombrados. Éste no es el momento de hacer crítica de jazz, y los interesados pueden leer mi libro sobre Johnny y el nuevo estilo de la posguerra, pero bien puedo decir que el cuarenta y ocho —digamos hasta el cincuenta— fue como una explosión de la música, pero una explosión fría, silenciosa, una explosión en la que cada cosa quedó en su sitio y no hubo gritos ni escombros, pero la costra de la costumbre se rajó en millones de pedazos y hasta sus defensores (en las orquestas y en el público) hicieron una cuestión de amor propio de algo que ya no sentían como antes. Porque después del paso de Johnny por el saxo alto no se puede seguir oyendo a los músicos anteriores y creer que son el non plus ultra; hay que conformarse con aplicar esa especie de resignación disfrazada que se llama sentido histórico, y decir que cualquiera de esos músicos ha sido estupendo y lo sigue siendo en-su-momento. Johnny ha pasado por el jazz como una mano que da vuelta la hoja, y se acabó.

La marquesa, que tiene unas orejas de lebrel para todo lo que sea música, ha admirado siempre una enormidad a Johnny y a sus amigos del grupo. Me imagino que debió darles no pocos dólares en los días del Club 33, cuando la mayoría de los críticos protestaban por las grabaciones de Johnny y juzgaban su jazz con arreglo a criterios más que podridos. Probablemente también en esa época la marquesa empezó a acostarse de cuando en cuando con Johnny, y a fumar con él. Muchas veces los he visto juntos antes de las sesiones de grabación o en los entreactos de los conciertos, y Johnny parecía enormemente feliz al lado de la marquesa, aunque en alguna otra platea o en su casa estaban Lan y los chicos esperándolo. Pero Johnny no ha tenido jamás idea de lo que es esperar nada, y tampoco se imagina que alguien pueda estar esperándolo. Hasta su manera de plantar a Lan lo pinta de cuerpo entero. He visto la postal que le mandó desde Roma, después de cuatro meses de ausencia (se había trepado a un avión con otros dos músicos sin que Lan supiera nada). La postal representaba a Rómulo y Remo, que siempre le han hecho mucha gracia a Johnny (una de sus grabaciones se llama así) y decía; «Ando solo en una multitud de amores», que es un fragmento de un poema de Dylan Thomas a quien Johnny lee todo el tiempo. Los agentes de Johnny en Estados Unidos se arreglaron para deducir una parte de sus regalías y entregarlas a Lan, que por su parte comprendió pronto que no había hecho tan mal negocio librándose de Johnny. Alguien me dijo que la marquesa dio también dinero a Lan, sin que Lan supiera de dónde procedía. No me extraña porque la marquesa es descabelladamente buena y entiende el mundo como las tortillas que fabrica en su estudio cuando los amigos empiezan a llegar a montones, y que consiste en tener una especie de tortilla permanente a la cual echa diversas cosas y va sacando pedazos y ofreciéndolos a medida que hace falta.

He encontrado a la marquesa con Marcel Gavoty y con Art Boucaya, y precisamente estaban hablando de las grabaciones que había hecho Johnny la tarde anterior. Me han caído encima como si vieran llegar a un arcángel, la marquesa me ha besuqueado hasta cansarse, y los muchachos me han palmeado como pueden hacerlo un contrabajista y un saxo barítono. He tenido que refugiarme detrás de un sillón, defendiéndome como podía, y todo porque se han enterado de que soy el proveedor del magnífico saxo con el cual Johnny acaba de grabar cuatro o cinco de sus mejores improvisaciones. La marquesa ha dicho en seguida que Johnny era una rata inmunda, y que como estaba peleado con ella (no ha dicho por qué) la rata inmunda sabía muy bien que sólo pidiéndole perdón en debida forma hubiera podido conseguir el cheque para ir a comprarse un saxo. Naturalmente Johnny no ha querido pedir perdón desde que ha vuelto a París —la pelea parece que ha sido en Londres, dos meses atrás— y en esa forma nadie podía saber que había perdido su condenado saxo en el *métro,* etcétera. Cuando la marquesa echa a hablar, uno se pregunta si el estilo de Dizzy no se le ha pegado al idioma, pues es una serie interminable de variaciones en los registros más inesperados, hasta que al final la marquesa se da un gran golpe en los muslos, abre de par en par la boca y se pone a reír como si la estuvieran matando a cosquillas. Y entonces Art Boucaya ha aprovechado para darme detalles de la sesión de ayer, que me he perdido por culpa de mi mujer con neumonía.

—Tica puede dar fe —ha dicho Art mostrando a la marquesa que se retuerce de risa—. Bruno, no te puedes imaginar lo que fue eso hasta que oigas los discos. Si Dios estaba ayer en alguna parte puedes creerme que era en esa condenada sala de grabación, donde hacía un calor de mil demonios dicho sea de paso. ¿Te acuerdas de *Willow Tree,* Marcel?

—Si me acuerdo —ha dicho Marcel—. El estúpido pregunta si me acuerdo. Estoy tatuado de la cabeza a los pies con *Willow Tree.*

Tica nos ha traído *highballs* y nos hemos puesto cómodos para charlar. En realidad hemos hablado poco de la sesión de ayer, porque cualquier músico sabe que de esas cosas no se puede hablar, pero lo poco que han dicho me ha devuelto alguna esperanza y he pensado que tal vez mi saxo le traiga buena suerte a Johnny. De todas maneras no han faltado las anécdotas que enfriaran un poco esa esperanza, como por ejemplo que Johnny se ha sacado los zapatos entre grabación y grabación, y se ha paseado descalzo por el estudio. Pero en cambio se ha reconciliado con la marquesa y ha prometido venir al estudio a tomar una copa antes de su presentación de esta noche.

—¿Conoces a la muchacha que tiene ahora Johnny? —ha querido saber Tica. Le he hecho una descripción lo más sucinta posible, pero Marcel la ha completado a la francesa, con toda clase de matices y alusiones que han divertido muchísimo a la marquesa. No se ha hecho la menor referencia a la droga, aunque yo estoy tan aprensivo que me ha parecido olerla en el aire del estudio de Tica, aparte de que Tica se ríe de una manera que también noto a veces en Johnny y en Art, y que delata a los adictos. Me pregunto cómo se habrá procurado Johnny la marihuana si estaba peleado con la marquesa; mi confianza en Dédée se ha venido bruscamente al suelo, si es que en realidad le tenía confianza. En el fondo son todos iguales.

Envidio un poco esa igualdad que los acerca, que los vuelve cómplices con tanta facilidad; desde mi mundo puritano —no necesito confesarlo, cualquiera que me conozca sabe de mi horror al desorden moral— los veo como a ángeles enfermos, irritantes a fuerza de irresponsabilidad pero pagando los cuidados con cosas como los discos de Johnny, la generosidad de la marquesa. Y no digo todo, y quisiera forzarme a decirlo: los envidio, envidio a Johnny, a ese Johnny del otro lado, sin que nadie sepa qué es exactamente ese otro lado. Envidio todo menos su dolor, cosa que nadie dejará de comprender, pero aun en su dolor tiene que haber atisbos de algo que me es negado. Envidio a Johnny y al mismo tiempo me da rabia que se esté destruyendo por el mal empleo de sus dones, por la estúpida acumulación de insensatez que requiere su presión de vida. Pienso que si Johnny pudiera orientar esa vida, incluso sin sacrificarle nada, ni siquiera la droga, y si piloteara mejor ese avión que desde hace cinco años vuela a ciegas, quizá acabaría en lo peor, en la locura completa, en la muerte, pero no sin haber tocado a fondo lo que busca en sus tristes monólogos a posteriori, en sus recuentos de experiencias fascinantes pero que se quedan a mitad de camino. Y todo eso lo sostengo desde mi cobardía personal, y quizá en el fondo quisiera que Johnny acabara de una vez, como una estrella que se rompe en mil pedazos y deja idiotas a los astrónomos durante una semana, y después uno se va a dormir y mañana es otro día.

Parecería que Johnny ha tenido como una sospecha de todo lo que he estado pensando, porque me ha hecho un alegre saludo al entrar y ha venido casi en seguida a sentarse a mi lado, después de besar y hacer girar por el aire a la marquesa, y cambiar con ella y con Art un complicado ritual onomatopéyico que les ha producido una inmensa gracia a todos.

—Bruno —ha dicho Johnny instalándose en el mejor sofá—, el cacharro es una maravilla y que digan éstos lo que le he sacado ayer del fondo. A Tica le caían unas lágrimas como bombillas eléctricas, y no creo que fuera porque le debe plata a la modista, ¿eh, Tica?

He querido saber algo más de la sesión, pero a Johnny le basta ese desborde de orgullo. Casi en seguida se ha puesto a hablar con Marcel del programa de esta noche y de lo bien que les caen a los dos los flamantes trajes grises con que van a presentarse en el teatro. Johnny está realmente muy bien y se ve que lleva días sin fumar demasiado; debe de tener exactamente la dosis que le hace falta para tocar con gusto. Y justamente cuando lo estoy pensando, Johnny me planta la mano en el hombro y se inclina para decirme:

—Dédée me ha contado que la otra tarde estuve muy mal contigo.

—Bah, ni te acuerdes.

—Pero si me acuerdo muy bien. Y si quieres mi opinión, en realidad estuve formidable. Deberías sentirte contento de que me haya portado así contigo; no lo hago con nadie, créeme. Es una muestra de cómo te aprecio. Tenemos que ir juntos a algún sitio para hablar de un montón de cosas. Aquí... —saca el labio inferior, desdeñoso, y se ríe, se encoge de hombros, parece estar bailando en el sofá—. Viejo Bruno. Dice Dédée que me porté muy mal, de veras.

—Tenías gripe. ¿Estás mejor?

—No era gripe. Vino el médico, y en seguida empezó a decirme que el jazz le gusta enormemente, y que una noche tengo que ir a su casa para escuchar discos. Dédée me contó que le habías dado dinero.

—Para que salieran del paso hasta que cobres. ¿Qué tal lo de esta noche?

—Bueno, tengo ganas de tocar y tocaría ahora mismo si tuviera el saxo, pero Dédée se emperró en llevarlo ella misma al teatro. Es un saxo formidable, ayer me parecía que estaba haciendo el amor cuando lo tocaba. Vieras la cara de Tica cuando acabé. ¿Estabas celosa, Tica?

Y se han vuelto a reír a gritos, y Johnny ha considerado conveniente correr por el estudio dando grandes saltos de contento, y entre él y Art han bailado sin música, levantando y bajando las cejas para marcar el compás. Es imposible impacientarse con Johnny o con Art, sería como enojarse con el viento porque nos despeina. En voz baja, Tica,

Marcel y yo hemos cambiado impresiones sobre la presentación de la noche. Marcel está seguro de que Johnny va a repetir su formidable éxito de 1951, cuando vino por primera vez a París. Después de lo de ayer está seguro de que todo va a salir bien. Quisiera sentirme tan tranquilo como él, pero de todas maneras no podré hacer más que sentarme en las primeras filas y escuchar el concierto. Por lo menos tengo la tranquilidad de que Johnny no está drogado como la noche de Baltimore. Cuando le he dicho esto a Tica, me ha apretado la mano como si se estuviera por caer al agua. Art y Johnny se han ido hasta el piano, y Art le está mostrando un nuevo tema a Johnny que mueve la cabeza y canturrea. Los dos están elegantísimos con sus trajes grises, aunque a Johnny lo perjudica la grasa que ha juntado en estos tiempos.

Con Tica hemos hablado de la noche de Baltimore, cuando Johnny tuvo la primera gran crisis violenta. Mientras hablábamos he mirado a Tica en los ojos, porque quería estar seguro de que me comprende, y que no cederá esta vez. Si Johnny llega a beber demasiado coñac o a fumar una nada de droga, el concierto va a ser un fracaso y todo se vendrá al suelo. París no es un casino de provincia y todo el mundo tiene puestos los ojos en Johnny. Y mientras lo pienso no puedo impedirme un mal gusto en la boca, una cólera que no va contra

Johnny ni contra las cosas que le ocurren; más bien contra mí y la gente que lo rodea, la marquesa y Marcel, por ejemplo. En el fondo somos una banda de egoístas, so pretexto de cuidar a Johnny lo que hacemos es salvar nuestra idea de él, prepararnos a los nuevos placeres que va a darnos Johnny, sacarle brillo a la estatua que hemos erigido entre todos y defenderla cueste lo que cueste. El fracaso de Johnny sería malo para mi libro (de un momento a otro saldrá la traducción al inglés y al italiano), y probablemente de cosas así está hecha una parte de mi cuidado por Johnny. Art y Marcel lo necesitan para ganarse el pan, y la marquesa, vaya a saber qué ve la marquesa en Johnny aparte de su talento. Todo esto no tiene nada que hacer con el otro Johnny, y de repente me he dado cuenta de que quizá Johnny quería decirme eso cuando se arrancó la frazada y se mostró desnudo como un gusano, Johnny sin saxo, Johnny sin dinero y sin ropa. Johnny obsesionado por algo que su pobre inteligencia no alcanza a entender pero que flota lentamente en su música, acaricia su piel, lo prepara quizá para un salto imprevisible que nosotros no comprenderemos nunca.

Y cuando se piensan cosas así acaba uno por sentir de veras mal gusto en la boca, y toda la sinceridad del mundo no paga el momentáneo descubrimiento de que uno es una pobre porquería al lado de un tipo como Johnny Carter, que ahora ha venido a beberse su coñac al sofá y me mira con aire divertido. Ya es hora que nos vayamos todos a la sala Pleyel. Que la música salve por lo menos el resto de la noche, y cumpla a fondo una de sus peores misiones, la de ponernos un buen biombo delante del espejo, borrarnos del mapa durante un par de horas.

Como es natural mañana escribiré para *Jazz Hot* una crónica del concierto de esta noche. Pero aquí, con esta taquigrafía garabateada sobre una rodilla en los intervalos, no siento el menor deseo de hablar como crítico, es decir de sancionar comparativamente. Sé muy bien que para mí Johnny ha dejado de ser un jazzman y que su genio musical es como una fachada, algo que todo el mundo puede llegar a comprender y admirar pero que encubre otra cosa, y esa otra cosa es lo único que debería importarme, quizá porque es lo único que verdaderamente le importa a Johnny.

Es fácil decirlo, mientras soy todavía la música de Johnny. Cuando se enfría... ¿Por qué no podré hacer como él, por qué no podré tirarme de cabeza contra la pared? Antepongo minuciosamente las palabras a la realidad que pretenden describirme, me escudo en consideraciones y sospechas que no son más que una estúpida dialéctica. Me parece comprender por qué la plegaria reclama instintivamente el caer de rodillas. El cambio de posición es el símbolo de un cambio en la voz, en lo que la voz va a articular, en lo articulado mismo. Cuando llego al punto de atisbar ese cambio, las cosas que hasta un segundo antes me habían parecido arbitrarias se llenan de sentido profundo, se simplifican extraordinariamente y al mismo tiempo se ahondan. Ni Marcel ni Art se han dado cuenta ayer de que Johnny no estaba loco cuando se sacó los zapatos en la sala de grabación. Johnny necesitaba en ese instante tocar el suelo con su piel, atarse a la tierra de la que su música era una confirmación y no una fuga. Porque también siento esto en Johnny, y es que no huye de nada, no se droga para huir como la mayoría de los viciosos, no toca el saxo para agazaparse detrás de un foso de música, no se pasa semanas encerrado en las clínicas psiquiátricas para sentirse al abrigo de las presiones que es incapaz de soportar. Hasta su estilo, lo más auténtico en él, ese estilo que merece nombres absurdos sin necesitar de ninguno, prueba que el arte de Johnny no es una sustitución ni una completación. Johnny ha abandonado el lenguaje *hot* más o menos corriente hasta hace diez años, porque ese lenguaje violentamente erótico era demasiado pasivo para él. En su caso el deseo se antepone al placer y lo frustra, porque el deseo le exige avanzar, buscar, negando por adelantado los encuentros fáciles del jazz tradicional. Por eso, creo, a Johnny no le gustan gran cosa los *blues,* donde el masoquismo y las nostalgias... Pero de todo esto ya he hablado en mi libro, mostrando cómo la renuncia a la satisfacción inmediata indujo a Johnny a elaborar un lenguaje que él y otros músicos están llevando hoy a sus últimas posibilidades. Este Jazz desecha todo erotismo fácil, todo wagnerianismo por decirlo así, para situarse en un plano aparentemente desasido donde la música queda en absoluta libertad, así como la pintura sustraída a lo representativo queda en libertad para no ser más que pintura. Pero entonces, dueño de una música que no facilita los orgasmos ni las nostalgias, de una música que me gustaría poder llamar metafísica, Johnny parece contar con ella para explorarse, para morder en la realidad que se le escapa todos los días. Veo ahí la alta paradoja de su estilo, su agresiva eficacia. Incapaz de satisfacerse, vale como un acicate continuo, una construcción infinita cuyo placer no está en el remate sino en la reiteración exploradora, en el ejemplo de facultades que dejan atrás lo prontamente humano sin perder humanidad. Y cuando Johnny se pierde como esta noche en la creación continua de su música, sé muy bien que no está escapando de nada. Ir a un en-

cuentro no puede ser nunca escapar, aunque rele-
guemos cada vez el lugar de la cita; y en cuanto a lo
que pueda quedarse atrás, Johnny lo ignora o lo
desprecia soberanamente. La marquesa, por ejemplo, cree que Johnny teme la miseria, sin darse
cuenta de que lo único que Johnny puede temer es
no encontrarse una chuleta al alcance del cuchillo
cuando se le da la gana de comerla, o una cama
cuando tiene sueño, o cien dólares en la cartera
cuando le parece normal ser dueño de cien dólares.
Johnny no se mueve en un mundo de abstracciones
como nosotros; por eso su música, esa admirable
música que he escuchado esta noche, no tiene nada
de abstracta. Pero sólo él puede hacer el recuento
de lo que ha cosechado mientras tocaba, y probablemente ya estará en otra cosa, perdiéndose en
una nueva conjetura o en una nueva sospecha. Sus
conquistas son como un sueño, las olvida al des-
pertar cuando los aplausos le traen de vuelta, a él
que anda tan lejos viviendo su cuarto de hora de
minuto y medio.

Sería como vivir sujeto a un pararrayos en plena
tormenta y creer que no va a pasar nada. A los cuatro o cinco días me he encontrado con Art Boucaya
en el *Dupont* del barrio latino, y le ha faltado tiempo para poner los ojos en blanco y anunciarme las
malas noticias. En el primer momento he sentido
una especie de satisfacción que no me queda más

remedio que calificar de maligna, porque bien sabía yo que la calma no podía durar mucho, pero después he pensado en las consecuencias y mi cariño por Johnny se ha puesto a retorcerme el estómago; entonces me he bebido dos coñacs mientras Art me describía lo ocurrido. En resumen parece ser que esa tarde Delaunay había preparado una sesión de grabación para presentar un nuevo quinteto con Johnny a la cabeza, Art, Marcel Gavoty y dos chicos muy buenos de París en el piano y la batería. La cosa tenía que empezar a las tres de la tarde y contaban con todo el día y parte de la noche para entrar en calor y grabar unas cuantas cosas. Y qué pasa. Pasa que Johnny empieza por llegar a las cinco, cuando Delaunay estaba que hervía de impaciencia, y después de tirarse en una silla dice que no se siente bien y que ha venido solamente para no estropearles el día a los muchachos, pero que no tiene ninguna gana de tocar.

—Entre Marcel y yo tratamos de convencerlo de que descansara un rato, pero no hacía más que hablar de no sé qué campos con urnas que había encontrado, y dale con las urnas durante media hora. Al final empezó a sacar montones de hojas que había juntado en algún parque y guardado en los bolsillos. Resultado, que el piso del estudio parecía el jardín botánico, los empleados andaban de un lado a otro con cara de perros, y a todo esto sin grabar nada; fíjate que el ingeniero llevaba tres horas fumando en su cabina, y eso en París ya es mucho para un ingeniero.

»Al final Marcel convenció a Johnny de que lo mejor era probar, se pusieron a tocar los dos y nosotros los seguíamos de a poco, más bien para sacarnos el cansancio de no hacer nada. Hacía rato que me daba cuenta de que Johnny tenía una especie de contracción en el brazo derecho, y cuando empezó a tocar te aseguro que era terrible de ver. La cara gris, sabes, y de cuando en cuando como un escalofrío; yo no veía el momento de que se fuera al suelo. Y en una de ésas pega un grito, nos mira a todos uno a uno, muy despacio, y nos pregunta qué estamos esperando para empezar con *Amorous*. Ya sabes ese tema de Álamo. Bueno, Delaunay le hace una seña al técnico, salimos todos lo mejor posible, y Johnny abre las piernas, se planta como en un bote que cabecea, y se larga a tocar de una manera que te juro no había oído jamás. Esto durante tres minutos, hasta que de golpe suelta un soplido capaz de arruinar la misma armonía celestial, y se va a un rincón dejándonos a todos en plena marcha, que acabáramos lo mejor que nos fuera posible.

»Pero ahora viene lo peor, y es que cuando acabamos, lo primero que dijo Johnny fue que todo había salido como el diablo, y que esa grabación no contaba para nada. Naturalmente, ni Delaunay ni nosotros le hicimos caso, porque a pesar de los defectos el solo de Johnny valía por mil de los que oyes todos los días. Una cosa distinta, que no te puedo explicar... Ya lo escucharás, te imaginas que ni Delaunay ni los técnicos piensan destruir la grabación. Pero Johnny insistía como un loco, amenazando romper los vidrios de la cabina si no le probaban que el disco había sido anulado. Por fin el ingeniero le mostró cualquier cosa y lo convenció, y entonces Johnny propuso que grabáramos *Streptomicyne,* que salió mucho mejor y a la vez mucho peor, quiero decirte que es un disco impecable y redondo, pero ya no tiene esa cosa increíble que Johnny había soplado en *Amorous.»*

Suspirando, Art ha terminado de beber su cerveza y me ha mirado lúgubremente. Le he preguntado qué ha hecho Johnny después de eso, y me ha dicho que después de hartarlos a todos con sus historias sobre las hojas y los campos llenos de urnas, se ha negado a seguir tocando y ha salido a tropezones del estudio. Marcel le ha quitado el saxo para evitar que vuelva a perderlo o pisotearlo, y entre él y uno de los chicos franceses lo han llevado al hotel.

¿Qué otra cosa puedo hacer sino ir en seguida a verlo? Pero de todos modos lo he dejado para mañana. Y a la mañana siguiente me he encontrado a

Johnny en las noticias de policía del *Figaro*, porque durante la noche parece que Johnny ha incendiado la pieza del hotel y ha salido corriendo desnudo por los pasillos. Tanto él como Dédée han resultado ilesos, pero Johnny está en el hospital bajo vigilancia. Le he mostrado la noticia a mi mujer para alentarla en su convalecencia, y he ido en seguida al hospital donde mis credenciales de periodista no me han servido de nada. Lo más que he alcanzado a saber es que Johnny está delirando y que tiene adentro bastante marihuana como para enloquecer a diez personas. La pobre Dédée no ha sido capaz de resistir, de convencerlo de que siguiera sin fumar; todas las mujeres de Johnny acaban siendo sus cómplices, y estoy archiseguro de que la droga se la ha facilitado la marquesa.

En fin, la cuestión es que he ido inmediatamente a casa de Delaunay para pedirle que me haga escuchar *Amorous* lo antes posible. Vaya a saber si *Amorous* no resulta el testamento del pobre Johnny; y en ese caso, mi deber profesional...

Pero no, todavía no. A los cinco días me ha telefoneado Dédée diciéndome que Johnny está mucho mejor y que quiere verme. He preferido no hacerle reproches, primero porque supongo que voy a perder el tiempo, y segundo porque la voz de la pobre Dédée parece salir de una tetera rajada. He prometido ir en seguida, y le he dicho que tal vez cuando Johnny esté mejor se pueda organizar una gira por las ciudades del interior. He colgado el tubo cuando Dédée empezaba a llorar.

Johnny está sentado en la cama, en una sala donde hay otros dos enfermos que por suerte duermen. Antes de que pueda decirle nada me ha atrapado la cabeza con sus dos manazas, y me ha besado muchas veces en la frente y las mejillas. Está terriblemente demacrado, aunque me ha dicho que le dan mucho de comer y que tiene apetito. Por el momento lo que más le preocupa es saber si los muchachos hablan mal de él, si su crisis ha dañado a alguien, y cosas así. Es casi inútil que le responda, pues sabe muy bien que los conciertos han sido anulados y que eso perjudica a Art, a Marcel y al resto; pero me lo pregunta como si creyera que entretanto ha ocurrido algo de bueno, algo que componga las cosas. Y al mismo tiempo no me engaña, porque en el fondo de todo eso está su soberana indiferencia; a Johnny se le importa un bledo que todo se haya ido al diablo, y lo conozco demasiado como para no darme cuenta.

—Qué quieres que te diga, Johnny. Las cosas podrían haber salido mejor, pero tú tienes el talento de echarlo todo a perder.

—Sí, no lo puedo negar —ha dicho cansadamente Johnny—. Y todo por culpa de las urnas.

Me he acordado de las palabras de' Art, me he quedado mirándolo.

—Campos llenos de urnas, Bruno. Montones de urnas invisibles, enterradas en un campo inmenso. Yo andaba por ahí y de cuando en cuando tropezaba con algo. Tú dirás que lo he soñado, eh. Era así, fíjate: de cuando en cuanto tropezaba con una urna, hasta darme cuenta de que todo el campo estaba lleno de urnas, que había miles de miles, y que dentro de cada urna estaban las cenizas de un muerto. Entonces me acuerdo que me agaché y me puse a cavar con las uñas hasta que una de las urnas quedó a la vista. Sí, me acuerdo. Me acuerdo que pensé. «Ésta va a estar vacía porque es la que me toca a mí.» Pero no, estaba llena de un polvo gris como sé muy bien que estaban las otras aunque no las había visto. Entonces... entonces fue cuando empezamos a grabar *Amorous,* me parece.

Discretamente he echado una ojeada al cuadro de temperatura. Bastante normal, quién lo diría. Un médico joven se ha asomado a la puerta, saludándome con una inclinación de cabeza, y ha hecho un gesto de aliento a Johnny, no le ha contestado, y cuando el médico se ha ido sin pasar la puerta, he visto que Johnny tenía los puños cerrados.

—Eso es lo que no entenderán nunca —me ha dicho—. Son como un mono con un plumero, como las chicas del conservatorio de Kansas City que creían tocar Chopin, nada menos. Bruno, en Camarillo me habían puesto en una pieza con otros tres, y por la mañana entraba un interno lavadito y rosadito que daba gusto. Parecía hijo del Kleenex y del Tampax, créeme. Una especie de inmenso idiota que se me sentaba al lado y me daba ánimo, a mí que quería morirme, que ya no pensaba en Lan ni en nadie. Y lo peor era que el tipo se ofendía porque no le prestaba atención. Parecía esperar que me sentara en la cama, maravillado de su cara blanca y su pelo bien peinado y sus uñas cuidadas, y que me mejorara como esos que llegan a Lourdes y tiran la muleta y salen a los saltos...

»Bruno, ese tipo y todos los otros tipos de Camarillo estaban convencidos. ¿De qué, quieres saber? No sé, te juro, pero estaban convencidos. De lo que eran, supongo, de lo que valían, de su diploma. No, no es eso. Algunos eran modestos y no se creían infalibles. Pero hasta el más modesto se sentía seguro. Eso era lo que me crispaba, Bruno, *que se sintieran seguros*. Seguros de qué, dime un poco, cuando yo, un pobre diablo con más pestes que el demonio debajo de la piel, tenía bastante conciencia para sentir que todo era como una jalea, que todo temblaba alrededor, que no había más que fijarse un poco, sentirse un poco, callarse un poco, para descubrir los agujeros. En la puerta, en la cama: agujeros. En la mano, en el diario, en el tiempo, en el aire: todo lleno de agujeros, todo esponja, todo como un colador colándose a sí mismo... Pero ellos eran la ciencia americana, ¿comprendes, Bruno? El guardapolvo los protegía de los agujeros; no veían nada, aceptaban lo ya visto por otros, se imaginaban que estaban viendo. Y naturalmente no podían ver los agujeros, y estaban muy seguros de sí mismos, convencidísimos de sus recetas, sus jergas, su maldito psicoanálisis, sus no fume y sus no beba... Ah, el día en que pude mandarme mudar, subirme al tren, mirar por la ventanilla cómo todo iba para atrás, se hacía pedazos, no sé si has visto cómo el paisaje se va rompiendo cuando lo miras alejarse...

Fumamos Gauloises. A Johnny le han dado permiso para beber un poco de coñac y fumar ocho o diez cigarrillos. Pero se ve que es su cuerpo el que fuma, que él está en otra cosa casi como si se negara a salir del pozo. Me pregunto qué ha visto, qué ha sentido estos últimos días. No quiero excitarlo, pero si se pusiera a hablar por su cuenta... Fumamos, callados, y a veces Johnny estira el brazo y me pasa los dedos por la cara, como para identificarme. Después juega con su reloj pulsera, lo mira con cariño.

—Lo que pasa es que se creen sabios —dice de golpe—. Se creen sabios porque han juntado un montón de libros y se los han comido. Me da risa, porque en realidad son buenos muchachos y viven convencidos de que lo que estudian y lo que hacen son cosas muy difíciles y profundas. En el circo es igual, Bruno, y entre nosotros es igual. La gente se figura que algunas cosas son el colmo de la dificultad, y por eso aplauden a los trapecistas, o a mí. Yo no sé qué se imaginan, que uno se está haciendo pedazos para tocar bien, o que el trapecista se rompe los tendones cada vez que da un salto. En realidad las cosas verdaderamente difíciles son otras tan distintas, todo lo que la gente cree poder hacer a cada momento. Mirar, por ejemplo, o comprender a un perro o a un gato. Ésas son las dificultades, las grandes dificultades. Anoche se me ocurrió mirarme en este espejito, y te aseguro que era tan terriblemente difícil que casi me tiro de la cama. Imagínate que te estás viendo a ti mismo; eso tan sólo basta para quedarte frío durante media hora. Realmente ese tipo no soy yo, en el primer momento he sentido claramente que no era yo, lo agarré de sorpresa, de refilón y supe que no era yo. Eso lo sentía, y cuando algo se siente... Pero es como en Palm Beach, sobre una ola te cae la segunda, y después otra... Apenas has sentido ya viene lo otro, vienen las palabras... No, no son las palabras, son lo que está en las palabras, esa especie de cola de pegar, esa baba. Y la baba viene y te tapa, y te convence de que el del espejo eres tú. Claro, pero cómo no darse cuenta. Pero si soy yo, con mi pelo, esta cicatriz. Y la gente no se da cuenta de que lo único que aceptan es la baba, y por eso les parece tan fácil mirarse al espejo. O cortar un pedazo de pan con un cuchillo. ¿Tú has cortado un pedazo de pan con un cuchillo?

—Me suele ocurrir —he dicho, divertido.

—Y te has quedado tan tranquilo. Yo no puedo, Bruno. Una noche tiré todo tan lejos que el cuchillo casi le saca un ojo al japonés de la mesa de al lado. Era en Los Ángeles, se armó un lío tan descomunal... Cuando les expliqué, me llevaron preso. Y eso que me parecía tan sencillo explicarles todo. Esa vez conocí al doctor Christie. Un tipo estupendo, y eso que yo a los médicos...

Ha pasado una mano por el aire, tocándolo por todos lados, dejándolo como marcado por su paso. Sonríe. Tengo la sensación de que está solo, completamente solo. Me siento como hueco a su lado. Si a Johnny se le ocurriera pasar su mano a través de mí me cortaría como manteca, como humo. A lo mejor es por eso que a veces me roza la cara con los dedos, cautelosamente.

—Tienes el pan ahí, sobre el mantel —dice Johnny mirando el aire—. Es una cosa sólida, no se puede negar, con un color bellísimo, un perfume. Algo que no soy yo, algo distinto, fuera de mí.

Pero si lo toco, si estiro los dedos y lo agarro, entonces hay algo que cambia, ¿no te parece? El pan está fuera de mí, pero lo toco con los dedos, lo siento, siento que eso es el mundo, pero si yo puedo tocarlo y sentirlo, entonces no se puede decir realmente que sea otra cosa, o ¿tú crees que se puede decir?

—Querido, hace miles de años que un montón de bardos se vienen rompiendo la cabeza para resolver el problema.

—En el pan es de día — murmura Johnny, tapándose la cara—. Y yo me atrevo a tocarlo, a cortarlo en dos, a metérmelo en la boca. No pasa nada, ya sé; eso es lo terrible. ¿Te das cuenta de que es terrible que no pase nada? Cortas el pan, le clavas el cuchillo, y todo sigue como antes. Yo no comprendo, Bruno.

Me ha empezado a inquietar la cara de Johnny, su excitación. Cada vez resulta más difícil hacerlo hablar de jazz, de sus recuerdos, de sus planes, traerlo a la realidad. (A la realidad: apenas lo escribo me da asco. Johnny tiene razón, la realidad no puede ser esto, no es posible que ser crítico de jazz sea la realidad, porque entonces hay alguien que nos está tomando el pelo. Pero al mismo tiempo a Johnny no se le puede seguir así la corriente porque vamos a acabar todos locos.)

Ahora se ha quedado dormido, o por lo menos ha cerrado los ojos y se hace el dormido. Otra vez me doy cuenta de lo difícil que resulta saber qué es lo que está haciendo, qué *es* Johnny. Si duerme, si se hace el dormido, si cree dormir. Uno está mucho más fuera de Johnny que de cualquier otro amigo. Nadie puede ser más vulgar, más común, más atado a las circunstancias de una pobre vida; accesible por todos lados, aparentemente. No es ninguna excepción, aparentemente. Cualquiera puede ser como Johnny, siempre que acepte ser un pobre diablo enfermo y vicioso y sin voluntad y lleno de poesía y de talento. Aparentemente. Yo que me he pasado la vida admirando a los genios, a los Picasso, a los Einstein, a toda la santa lista que cualquiera puede fabricar en un minuto (y Gandhi, y Chaplin, y Stravinsky), estoy dispuesto como cualquiera a admitir que esos fenómenos andan por las nubes, y que con ellos no hay que extrañarse de nada. Son diferentes, no hay vuelta que darle. En cambio la diferencia de Johnny es secreta, irritante por lo misteriosa, porque no tiene ninguna explicación. Johnny no es un genio, no ha descubierto nada, hace jazz como varios miles de negros y de blancos, y aunque lo hace mejor que todos ellos, hay que reconocer que eso depende un poco de los gustos del público, de las modas, del tiempo, en suma.

Panassié, por ejemplo, encuentra que Johnny es francamente malo y aunque nosotros creemos que el francamente malo es Panassié, de todas maneras hay materia abierta a la polémica. Todo esto prueba que Johnny no es nada del otro mundo, pero apenas lo pienso me pregunto si precisamente no hay en Johnny algo del otro mundo (que él es el primero en desconocer). Probablemente se reiría mucho si se lo dijeran. Yo sé bastante bien lo que piensa, lo que vive de estas cosas. Digo: lo que vive de estas cosas, porque Johnny... Pero no voy a eso, lo que quería explicarme a mí mismo es que la distancia que va de Johnny a nosotros no tiene explicación, no se funda en diferencias explicables. Y me parece que él es el primero en pagar las consecuencias de eso, que lo afecta tanto como a nosotros. Dan ganas de decir en seguida que Johnny es como un ángel entre los hombres, hasta que una elemental honradez obliga a tragarse la frase, a darle bonitamente vuelta, y a reconocer que quizá lo que pasa es que Johnny es un hombre entre los ángeles, una realidad entre las irrealidades que somos todos nosotros. Y a lo mejor es por eso que Johnny me toca la cara con los dedos y me hace sentir tan infeliz, tan transparente, tan poca cosa con mi buena salud, mi casa, mi mujer, mi prestigio. Mi prestigio, sobre todo. Sobre todo mi prestigio.

Pero es lo de siempre, he salido del hospital y apenas he calzado, en la calle, en la hora, en todo lo que tengo que hacer, la tortilla ha girado blandamente en el aire y se ha dado vuelta. Pobre Johnny, tan fuera de la realidad. (Es así, es así. Me es más fácil creer que es así, ahora que estoy en un café y a dos horas de mi visita al hospital, que todo lo que escribí más arriba forzándome como un condenado a ser por lo menos un poco decente conmigo mismo.)

Por suerte lo del incendio se ha arreglado O.K., pues como cabía suponer la marquesa ha hecho de las suyas para que lo del incendio se arreglara O.K. Dédée y Art Boucaya han venido a buscarme al diario, y los tres nos hemos ido a *Vix* para escuchar la ya famosa —aunque todavía secreta— grabación de *Amorous*. En el taxi Dédée me ha contado sin muchas ganas cómo la marquesa lo ha sacado a Johnny del lío del incendio, que por lo demás no había pasado de un colchón chamuscado y un susto terrible de todos los argelinos que viven en el hotel de la rue Lagrange. Multa (ya pagada), otro hotel (ya conseguido por Tica), y Johnny está convaleciente en una cama grandísima y muy linda, toma leche a baldes y lee el *Paris Match* y el *New Yorker*, mezclando a veces su famoso (y roñoso) librito de bolsillo con poemas de Dylan Thomas y anotaciones a lápiz por todas partes.

Con estas noticias y un coñac en el café de la esquina, nos hemos instalado en la sala de audiciones para escuchar *Amorous* y *Streptomicyne*. Art ha pedido que apagaran las luces y se ha acostado en el suelo para escuchar mejor. Y entonces ha entrado Johnny y nos ha pasado su música por la cara, ha entrado ahí aunque esté en su hotel y metido en la cama, y nos ha barrido con su música durante un cuarto de hora. Comprendo que le enfurezca la idea de que vayan a publicar *Amorous*, porque cualquiera se da cuenta de las fallas, del soplido perfectamente perceptible que acompaña algunos finales de frase y sobre todo la salvaje caída final, esa nota sorda y breve que me ha parecido un corazón que se rompe, un cuchillo entrando en un pan (y él hablaba del pan hace unos días). Pero en cambio a Johnny se le escaparía lo que para nosotros es terriblemente hermoso, la ansiedad que busca salida en esa improvisación, llena de huidas en todas direcciones, de interrogación, de manoteo desesperado. Johnny no puede comprender (porque lo que para él es fracaso a nosotros nos parece un camino, por lo menos la señal de un camino) que *Amorous* va a quedar como uno de los momentos más grandes del jazz. El artista que hay en él va a ponerse frenético de rabia cada vez que oiga ese remedo de su deseo, de todo lo que quiso decir mientras luchaba, tambaleándose, escapándosele la saliva de la boca junto con la música, más que nunca solo frente a lo que persigue, a lo que se le huye mientras más lo persigue. Es curioso, ha sido necesario escuchar esto, aunque ya todo convergía a esto, a *Amorous,* para que yo me diera cuenta de que Johnny no es una víctima, no es un perseguido como lo cree todo el mundo, como yo mismo lo he dado a entender en mi biografía (por cierto que la edición en inglés acaba de aparecer y se vende como la coca-cola). Ahora sé que no es así, que Johnny persigue en vez de ser perseguido, que todo lo que le está ocurriendo en la vida son azares del cazador y no del animal acosado. Nadie puede saber qué es lo que persigue Johnny, pero es así, está ahí, en *Amorous,* en la marihuana, en sus absurdos discursos sobre tanta cosa, en las recaídas, en el librito de Dylan Thomas, en todo lo pobre diablo que es Johnny y que lo agranda y lo convierte en un absurdo viviente, en un cazador sin brazos y sin piernas, en una liebre que corre tras de un tigre que duerme. Y me veo precisado a decir que en el fondo *Amorous* me ha dado ganas de vomitar, como si eso pudiera librarme de él, de todo lo que en él corre contra mí y contra todos, esa masa negra informe sin manos y sin pies, ese chimpancé enloquecido que me pasa los dedos por la cara y me sonríe enternecido.

Art y Dédée no ven (me parece que no quieren ver) más que la belleza formal de *Amorous*. Incluso a Dédée le gusta más *Streptomicyne,* donde Johnny improvisa con su soltura corriente, lo que el público entiende por perfección y a mí me parece que en Jonny es más bien distracción, dejar correr la música, estar en otro lado. Ya en la calle le he preguntado a Dédée cuáles son sus planes, y me ha dicho que apenas Johnny pueda salir del hotel (la policía se lo impide por el momento) una nueva marca de discos le hará grabar todo lo que él quiera y le pagará muy bien. Art sostiene que Johnny está lleno de ideas estupendas, y que él y Marcel Gavoty van a «trabajar» las novedades junto con Johnny, aunque después de las últimas semanas se ve que Art no las tiene todas consigo, y yo sé por mi parte que anda en conversaciones con un agente para volverse a Nueva York lo antes posible. Cosa que comprendo de sobra, pobre muchacho.

—Tica se está portando muy bien —ha dicho rencorosamente Dédée—. Claro, para ella es tan fácil. Siempre llega al último momento, y no tiene más que abrir el bolso y arreglarlo todo. Yo, en cambio...

Art y yo nos hemos mirado. ¿Qué le podríamos decir? Las mujeres se pasan la vida dando vueltas alrededor de Johnny y de los que son como Johnny. No es extraño, no es necesario ser mujer para sentirse atraído por Johnny. Lo difícil es girar en torno a él sin perder la distancia, como un buen satélite, un buen crítico. Art no estaba entonces en Baltimore, pero me acuerdo de los tiempos en que conocí a Johnny, cuando vivía con Lan y los niños. Daba lástima ver a Lan. Pero después de tratar un tiempo a Johnny, de aceptar poco a poco el imperio de su música, de sus terrores diurnos, de sus explicaciones inconcebibles sobre cosas que jamás habían ocurrido, de sus repentinos accesos de ternura, entonces uno comprendía por qué Lan tenía esa cara y cómo era imposible que tuviese otra cara y viviera a la vez con Johnny. Tica es otra cosa, se le escapa por la vía de la promiscuidad, de la gran vida, y además tiene al dólar sujeto por la cola y eso es más eficaz que una ametralladora, por lo menos es lo que dice Art Boucaya cuando anda resentido con Tica o le duele la cabeza.

—Venga lo antes posible —me ha pedido Dédée—. A él le gusta hablar con usted.

Me hubiera gustado sermonearla por lo del incendio (por la causa del incendio, de la que es seguramente cómplice) pero sería tan inútil como decirle al mismo Johnny que tiene que convertirse en un ciudadano útil. Por el momento todo va bien, y es curioso (es inquietante) que apenas las cosas andan bien por el lado de Johnny yo me siento inmensamente contento. No soy tan inocente como para creer en una simple reacción amistosa. Es más bien como un aplazamiento, un respiro. No necesito buscarle explicaciones cuando lo siento tan claramente como puedo sentir la nariz pegada a la cara. Me da rabia ser el único que siente esto, que lo padece todo el tiempo. Me da rabia que Art Boucaya, Tica o Dédée no se den cuenta de que cada vez que Johnny sufre, va a la cárcel, quiere matarse, incendia un colchón o corre desnudo por los pasillos de un hotel, está pagando algo por ellos, está muriéndose por ellos. Sin saberlo, y no como los que pronuncian grandes discursos en el patíbulo o escriben libros para denunciar los males de la humanidad o tocan el piano con el aire de quien está lavando los pecados del mundo. Sin saberlo, pobre saxofonista, con todo lo que esta palabra tiene de ridículo, de poca cosa, de uno más entre tantos pobres saxofonistas.

Lo malo es que si sigo así voy a acabar escribiendo más sobre mí mismo que sobre Johnny. Empiezo a parecerme a un evangelista y no me hace ninguna gracia. Mientras volvía a casa he pensado con el cinismo necesario para recobrar la confianza, que en mi libro sobre Johnny yo sólo menciono de paso, discretamente, el lado patológico de su persona. No me ha parecido necesario explicarle a la gente que Johnny cree pasearse por campos llenos de urnas, o que las pinturas se mueven cuando él las mira; fantasmas de la marihuana, al fin y al cabo, que se acaban con la cura de desintoxicación. Pero se diría que Johnny me deja en prenda esos fantasmas, me los pone como otros tantos pañuelos en el bolsillo hasta que llega la hora de recobrarlos. Y creo que soy el único que los aguanta, los convive y los teme; y nadie lo sabe, ni siquiera Johnny. Uno no puede confesarle cosas así a Johnny, como las confesaría a un hombre realmente grande, al maestro ante quien nos humillamos a cambio de un consejo. ¿Qué mundo es este que me toca cargar como un fardo? ¿Qué clase de evangelista soy? En Johnny no hay la menor grandeza, lo he sabido desde que lo conocí, desde que empecé a admirarlo. Ya hace rato que esto no me sorprende, aunque al principio me resultara desconcertante esa falta de grandeza, quizá porque es una dimensión que uno no está dispuesto a aplicar al primero que llega, y sobre todo a los jazzmen. No sé por qué (no *sé* por qué) creí en un momento que en Johnny había una grandeza que él desmiente de día en día (o que nosotros desmentimos, y en realidad no es lo mismo; porque, seamos honrados, en Johnny hay como el fantasma de otro Johnny que pudo ser, y ese otro Johnny está lleno de grandeza; al fantasma se le nota como la falta de esa dimensión que sin embargo negativamente evoca y contiene).

Esto lo digo porque las tentativas que ha hecho Johnny para cambiar de vida, desde su aborto de suicidio hasta la marihuana, son las que cabía esperar de alguien tan sin grandeza como él. Creo que lo admiro todavía más por eso, porque es realmente el chimpancé que quiere aprender a leer, un pobre tipo que se da con la cara contra las paredes, y no se convence, y vuelve a empezar.

Ah, pero si un día el chimpancé se pone a leer, qué quiebra en masa, qué desparramo, qué sálvese el que pueda, yo el primero. Es terrible que un hombre sin grandeza alguna se tire de esa manera contra la pared. Nos denuncia a todos con el choque de sus huesos, nos hace trizas con la primera frase de su música. (Los mártires, los héroes, de acuerdo: uno está seguro con ellos. ¡Pero Johnny!)

Secuencias. No sé decirlo mejor, es como una noción de que bruscamente se arman secuencias terribles o idiotas en la vida de un hombre, sin que se sepa qué ley fuera de las leyes clasificadas decide que a cierta llamada telefónica va a seguir inmediatamente la llegada de nuestra hermana que vive en Auvernia, o se va a ir la leche al fuego, o vamos a ver desde el balcón a un chico debajo de un auto. Como en los equipos de fútbol y en las comisiones directivas, parecería que el destino nombra siempre algunos suplentes por si le fallan los titulares. Y así es que esta mañana, cuando todavía me duraba el contento por saberlo mejorado y contento a Johnny Carter, me telefonean de urgencia al diario, y la que telefonea es Tica, y la noticia es que en Chicago acaba de morirse Bee, la hija menor de Lan y de Johnny, que naturalmente Johnny está como loco, y sería bueno que yo fuera a darles una mano a los amigos.

He vuelto a subir una escalera del hotel —y van ya tantas en mi amistad con Johnny— para encontrarme con Tica tomando té, con Dédée mojando una toalla, con Art, Delaunay y Pepe Ramírez que hablan en voz baja de las últimas noticias de Lester Young, y con Johnny muy quieto en la cama, una toalla en la frente y un aire perfectamente tranquilo y casi desdeñoso. Inmediatamente me he puesto en el bolsillo la cara de circunstancias, limitándome a apretarle fuerte la mano a Johnny, encender un cigarrillo y esperar.

—Bruno, me duele aquí —ha dicho Johnny al cabo de un rato, tocándose el sitio convencional del corazón—. Bruno, ella era como una piedrecita en mi mano. Y yo no soy nada más que un pobre caballo amarillo, y nadie, nadie, limpiará las lágrimas de mis ojos.

Todo esto dicho solemnemente, casi recitado, y

Tica mirando a Art, y los dos haciéndose señas de indulgencia, aprovechando que Johnny tiene la cara tapada con la toalla mojada y no puede verlos. Personalmente me repugnan la frases baratas, pero todo esto que ha dicho Johnny, aparte de que me parece haberlo leído en algún sitio, me ha sonado como una máscara que se pusiera a hablar, así de hueco, así de inútil. Dédée ha venido con otra toalla y le ha cambiado el apósito, y en el intervalo he podido vislumbrar el rostro de Johnny y lo he visto de un gris ceniciento, con la boca torcida y los ojos apretados hasta arrugarse. Y como siempre con Johnny, las cosas han ocurrido de otra manera que la que uno esperaba, y Pepe Ramírez que no lo conoce gran cosa está todavía bajo los efectos de la sorpresa y yo creo que del escándalo, porque al cabo de un rato Johnny se ha sentado en la cama y se ha puesto a insultar lentamente, mascando cada palabra, y soltándola después como un trompo se ha puesto a insultar a los responsables de la grabación de *Amorous*, sin mirar a nadie pero clavándonos a todos como bichos en un cartón nada más que con la increíble obscenidad de sus palabras, y así ha estado dos minutos insultando a todos los de *Amorous,* empezando por Art y Delaunay, pasando por mí (aunque yo...) y acabando en Dédée, en Cristo omnipotente y en la puta que los parió a todos sin la menor excepción. Y eso ha sido en el fondo, eso y lo de la piedrecita blanca, la oración fúnebre de Bee, muerta en Chicago de neumonía.

Pasarán quince días vacíos; montones de trabajo, artículos periodísticos, visitas aquí y allá —un buen resumen de la vida de un crítico, ese hombre que sólo puede vivir de prestado, de las novedades y las decisiones ajenas. Hablando de lo cual una noche estaremos Tica, Bay Lennox y yo en el Café Flore, tarareando muy contentos *Out of nowhere* y comentando un solo de piano de Billy Taylor que a los tres nos parece bueno, y sobre todo a Baby Lennox que además se ha vestido a la moda de Saint-Germain-des-Prés y hay que ver cómo le queda. Baby verá aparecer a Johnny con el arrobamiento de sus veinte años, y Johnny la mirará sin verla y seguirá de largo, hasta sentarse solo en otra mesa, completamente borracho o dormido. Sentiré la mano de Tica en la rodilla.

—Lo ves, ha vuelto a fumar anoche. O esta tarde. Esa mujer...

Le he contestado sin ganas que Dédée es tan culpable como cualquier otra, empezando por ella que ha fumado docenas de veces con Johnny y volverá a hacerlo el día que le dé la santa gana. Me vendrá un gran deseo de irme y de estar solo, como siempre que es imposible acercarse a Johnny, estar con él y de su lado. Lo veré hacer dibujos en la mesa con el dedo, quedarse mirando al camarero que le pregunta qué va a beber, y por fin Johnny dibujará en el aire una especie de flecha y la sostendrá con las dos manos como si pesara una barbaridad, y en las otras mesas la gente empezará a divertirse con mucha discreción como corresponde en el Flore. Entonces Tica dirá: «Mierda», se pasará a la mesa de Johnny, y después de dar una orden al camarero se pondrá a hablarle en la oreja a Johnny. Ni qué decir que Baby se apresurará a confiarme sus más caras esperanzas, pero yo le diré vagamente que esa noche hay que dejar tranquilo a Johnny y que las niñas buenas se van temprano a la cama, si es posible en compañía de un crítico de jazz. Baby reirá amablemente, su mano me acariciará el pelo, y después nos quedaremos tranquilos viendo pasar a la muchacha que se cubre la cara con una capa de albayalde y se pinta de verde los ojos y hasta la boca. Baby dirá que no le parece tan mal, y yo le pediré que cante bajito uno de esos blúes que le están dando fama en Londres y en Estocolmo. Y después volveremos a *Out of nowhere,* que esta noche nos persigue interminablemente como un perro que también fuera de albayalde y de ojos verdes.

Pasarán por ahí dos de los chicos del nuevo quinteto de Johnny, y aprovecharé para preguntarles cómo ha andado la cosa esa noche; me enteraré así de que Johnny apenas ha podido tocar, pero que lo que ha tocado valía por todas las ideas juntas de un John Lewis, suponiendo que este último sea capaz de tener alguna idea porque, como ha dicho uno de los chicos, lo único que tiene siempre a mano es las notas para tapar un agujero, que no es lo mismo. Y yo me preguntaré entre tanto hasta dónde va a poder resistir Johnny, y sobre todo el público que cree en Johnny. Los chicos no aceptarán una cerveza, Baby y yo nos quedaremos nuevamente solos, y acabaré por ceder a sus preguntas y explicarle a Baby, que realmente merece su apodo, por qué Johnny está enfermo y acabado, por qué los chicos del quinteto están cada día más hartos, por qué la cosa va a estallar en una de ésas como ya ha estallado en San Francisco, en Baltimore y en Nueva York media docena de veces.

Entrarán otros músicos que tocan en el barrio, y algunos irán a la mesa de Johnny y lo saludarán pero él los mirará como desde lejos, con una cara horriblemente idiota, los ojos húmedos y mansos, la boca incapaz de contener la saliva que le brilla en los labios. Será divertido observar el doble manejo de Tica y de Baby. Tica apelando a su dominio sobre los hombres para alejarlos de Johnny con una rápida explicación y una sonrisa, Baby soplándome en la oreja su admiración por Johnny y lo bueno que sería llevarlo a un sanatorio para que lo desintoxicaran, y todo ello simplemente porque está en celo y quisiera acostarse con Johnny esta misma noche, cosa por lo demás imposible según puede verse, y que me alegra bastante. Como me ocurre desde que la conozco, pensaré en lo bueno que sería poder acariciar los muslos de Baby y estaré a un paso de proponerle que nos vayamos a tomar un trago a otro lugar más tranquilo (ella no querrá y en el fondo yo tampoco, porque esa otra mesa nos tendrá atados e infelices) hasta que de repente, sin nada que anuncie lo que va a suceder, veremos levantarse lentamente a Johnny, mirarnos y reconocernos, venir hacia nosotros —digamos hacia mí, porque Baby no cuenta— y al llegar a la mesa se doblará un poco con toda naturalidad, como quien va a tomar una papa frita del plato, y lo veremos arrodillarse frente a mí, con toda naturalidad se pondrá de rodillas y me mirará en los ojos y yo veré que está llorando, y sabré sin palabras que Johnny está llorando por la pequeña Bee.

Mi reacción es tan natural, he querido levantar a Johnny, evitar que hiciera el ridículo, y al final el ridículo lo he hecho yo porque nada hay más lamentable que un hombre esforzándose por mover a otro que está muy bien como está, que se siente perfectamente en la posición que le da la gana, de manera que los parroquianos del Flore, que no se alarman por pequeñas cosas, me han mirado poco amablemente, aun sin saber en su mayoría que ese negro arrodillado es Johnny Carter me han mirado como miraría la gente a alguien que se trepara a un altar y tironeara de Cristo para sacarlo de la cruz. El primero en reprochármelo ha sido Johnny, nada más que llorando silenciosamente ha alzado los ojos y me ha mirado, y entre eso y la censura evidente de los parroquianos no me ha quedado más remedio que volver a sentarme frente a Johnny, sintiéndome peor que él, queriendo estar en cualquier parte menos en esa silla y frente a Johnny de rodillas.

El resto no ha sido tan malo, aunque no sé cuántos siglos han pasado sin que nadie se moviera, sin que las lágrimas dejaran de correr por la cara de Johnny, sin que sus ojos estuvieran continuamente fijos en los míos mientras yo trataba de ofrecerle un cigarrillo, de encender otro para mí, de hacerle un gesto de entendimiento a Baby que estaba, me parece, a punto de salir corriendo o de ponerse a llorar por su parte. Como siempre, ha sido Tica la que ha arreglado el lío sentándose con su gran tranquilidad en nuestra mesa, arrimando una silla del lado de Johnny y poniéndole la mano en el hombro, sin forzarlo, hasta que al final Johnny se ha enderezado un poco y ha pasado de ese horror a la conveniente actitud del amigo sentado, nada más que levantando unos centímetros las rodillas y

dejando que entre sus nalgas y el suelo (iba a decir
y la cruz, realmente esto es contagioso) se interpu-
siera la aceptadísima comodidad de una silla. La
gente se ha cansado de mirar a Johnny, él de llorar,
y nosotros de sentirnos como perros. De golpe me
he explicado el cariño que algunos pintores les tienen a las sillas, cualquiera de las sillas del Flore me
ha parecido de repente un objeto maravilloso, una
flor, un perfume, el perfecto instrumento del orden
y la honradez de los hombres en su ciudad.

Johnny ha sacado un pañuelo, ha pedido discul-
pas sin forzar la cosa, y Tica ha hecho traer un café
doble y se lo ha dado a beber. Baby ha estado ma-
ravillosa; renunciando de golpe a toda su estupidez
cuando se trata de Johnny, se ha puesto a tararear
Mamie's blues sin dar la impresión de que lo hacía
a propósito, y Johnny la ha mirado y se ha sonreí-
do, y me parece que Tica y yo hemos pensado al
mismo tiempo que la imagen de Bee se perdía poco
a poco en el fondo de los ojos de Johnny, y que una
vez más Johnny aceptaba volver por un rato a
nuestro lado, acompañarnos hasta la próxima
fuga. Como siempre, apenas ha pasado el momento en que me siento como un perro, mi superiori-
dad frente a Johnny me ha permitido mostrarme
indulgente, charlar de todo un poco sin entrar en
zonas demasiado personales (hubiera sido horrible
ver deslizarse a Johnny de la silla, volver a...), y

por suerte Tica y Baby se han portado como ángeles y la gente del Flore se ha ido renovando a lo largo de una hora, por lo cual los parroquianos de la
una de la madrugada no han sospechado siquiera
lo que acababa de pasar, aunque en realidad no
haya pasado gran cosa si se lo piensa bien. Baby se
ha ido la primera (es una chica estudiosa Baby, a
las nueve ya estará ensayando con Fred Callender
para grabar por la tarde) y Tica ha tomado su ter-
cer vaso de coñac y nos ha ofrecido llevarnos a
casa. Entonces Johnny ha dicho que no, que prefe-
ría seguir charlando conmigo, y Tica ha encontrado que estaba muy bien y se ha ido, no sin antes pagar las vueltas de todos como corresponde a una
marquesa. Y Johnny y yo nos hemos tomado una
copita de chartreuse, dado que entre amigos están
permitidas estas debilidades, y hemos empezado a
caminar   por   Saint-Germain-des-Prés   porque
Johnny ha insistido en que le hará bien caminar y
yo no soy de los que dejan caer a los camaradas en
esas circunstancias.

Por la rue de l'Abbaye vamos bajando hasta la
plaza Furstenberg, que a Johnny le recuerda peli-
grosamente un teatro de juguete que según parece
le regaló su padrino cuando tenía ocho años. Trato
de llevármelo hacia la rue Jacob por miedo de que
los recuerdos lo devuelvan a Bee, pero se diría que
Johnny ha cerrado el capítulo por lo que falta de la

noche. Anda tranquilo, sin titubear (otras veces lo he visto tambalearse en la calle, y no por estar borracho; algo en los reflejos que no funciona) y el calor de la noche y el silencio de las calles nos hace bien a los dos. Fumamos Gauloises, nos dejamos ir hacia el río, y frente a una de las cajas de latón de los libreros del Quai de Conti un recuerdo o un silbido de algún estudiante nos trae a la boca un tema de Vivaldi y los dos nos ponemos a cantarlo con mucho sentimiento y entusiasmo, y Johnny dice que si tuviera su saxo se pasaría la noche tocando Vivaldi, cosa que yo encuentro exagerada.

—En fin, también tocaría un poco de Bach y de Charles Ives —dice Johnny, condescendiente—. No sé por qué a los franceses no les interesa Charles Ives. ¿Conoces sus canciones? La del leopardo, tendrías que conocer la canción del leopardo. *A leopard...*

Y con su flaca voz de tenor se explaya sobre el leopardo, y ni qué decir que muchas de las frases que canta no son en absoluto de Ives, cosa que a Johnny le tiene sin cuidado mientras esté seguro de que está cantando algo bueno. Al final nos sentamos sobre el pretil, frente a la rue Gît-le-Coeur y fumamos otro cigarrillo porque la noche es magnífica y dentro de un rato el tabaco nos obligará a beber cerveza en un café y esto nos gusta por anticipado a Johnny y a mí. Casi no le presto atención cuando menciona por primera vez mi libro, porque en seguida vuelve a hablar de Charles Ives y de cómo se há divertido en citar muchas veces temas de Ives en sus discos, sin que nadie se diera cuenta (ni el mismo Ives, supongo), pero al rato me pongo a pensar en lo del libro y trato de traerlo al tema.

—Oh, he leído algunas páginas —dice Johnny—. En lo de Tica hablaban mucho de tu libro pero yo no entendía ni el título. Ayer Art me trajo la edición inglesa y entonces me enteré de algunas cosas. Está muy bien tu libro.

Adopto la actitud natural en esos casos, mezclando un aire de displicente modestia con una cierta dosis de interés, como si su opinión fuera a revelarme —a mí, el autor— la verdad sobre mi libro.

—Es como en un espejo —dice Johnny—. Al principio yo creía que leer lo que escriben sobre uno era más o menos como mirarse a uno mismo y no en el espejo. Admiro mucho a los escritores, es increíble las cosas que dicen. Toda esa parte sobre los orígenes del *bebop*...

—Bueno, no hice más que transcribir literalmente lo que me contaste en Baltimore —digo, defendiéndome sin saber de qué.

—Sí, está todo, pero en realidad es como en un espejo —se emperra Johnny.

—¿Qué más quieres? Los espejos son fieles.

—Faltan cosas, Bruno —dice Johnny—. Tú estás mucho más enterado que yo, pero me parece que fatan cosas.

—Las que te habrás olvidado de decirme —contesto bastante picado. Este mono salvaje es capaz de... (Habrá que hablar con Delaunay, sería lamentable que una declaración imprudente malograra un sano esfuerzo crítico que... *Por ejemplo el vestido rojo de Lan* —está diciendo Johnny. Y en todo caso aprovechar las novedades de esta noche para incorporarlas a una nueva edición; no estaría mal. *Tenía como un olor a perro* —está diciendo Johnny— *y es lo único que vale en ese disco.* Sí, escuchar atentamente y proceder con rapidez, porque en manos de otras gentes estos posibles desmentidos podrían tener consecuencias lamentables. *Y la urna del medio, la más grande, llena de un polvo casi azul* —está diciendo Johnny— *y tan parecida a una polvera que tenía mi hermana.* Mientras no pase de las alucinaciones, lo peor sería que desmintiera las ideas del fondo, el sistema estético que tantos elogios... —*Y además el* cool *no es por casualidad lo que has escrito* —está diciendo Johnny. Atención.)

—¿Cómo que no es lo que yo he escrito? Johnny, está bien que las cosas cambien, pero no hace seis meses que tú...

—Hace seis meses —dice Johnny, bajándose del pretil y acodándose para descansar la cabeza entre las manos—. *Six months ago*. Ah, Bruno, lo que yo podría tocar ahora mismo si tuviera a los muchachos... Y a propósito: muy ingenioso lo que has escrito sobre el saxo y el sexo, muy bonito el juego de palabras. *Six months ago. Six, sax, sex*. Positivamente precioso, Bruno. Maldito seas, Bruno.

No me voy a poner a decirle que su edad mental no le permite comprender que ese inocente juego de palabras encubre un sistema de ideas bastante profundo (a Leonard Feather le pareció exactísimo cuando se lo expliqué en Nueva York) y que el paraerotismo del jazz evoluciona desde tiempos del *washboard*, etc. Es lo de siempre, de pronto me alegra poder pensar que los críticos son mucho más necesarios de lo que yo mismo estoy dispuesto a reconocer (en privado, en esto que escribo) porque los creadores, desde el inventor de la música hasta Johnny pasando por toda la condenada serie, son incapaces de extraer las consecuencias dialécticas de su obra, postular los fundamentos y la trascendencia de lo que están escribiendo o improvisando. Tendría que recordar esto en los momentos de depresión en que me da lástima no ser nada más que un crítico —*El nombre de la estrella es Ajenjo* —está diciendo Johnny, y de golpe oigo su otra voz, la voz de cuando está... ¿cómo decir esto, cómo describir a Johnny cuando está de su lado, ya solo otra vez, ya salido? Inquieto, me bajo del pretil, lo miro de cerca. Y el nombre de la estrella es Ajenjo, no hay nada que hacerle.

—El nombre de la estrella es Ajenjo —dice Johnny, hablando para sus dos manos—. Y sus cuerpos serán echados en las plazas de la grande ciudad. Hace seis meses.

Aunque nadie me vea, aunque nadie lo sepa, me encojo de hombros para las estrellas (el nombre de la estrella es Ajenjo). Volvemos a lo de siempre: «Esto lo estoy tocando mañana.» El nombre de la estrella es Ajenjo y sus cuerpos serán echados hace seis meses. En las plazas de la grande ciudad. Salido, lejos. Y yo con sangre en el ojo, simplemente porque no ha querido decirme nada más sobre el libro, y en realidad no he llegado a saber qué piensa del libro que tantos miles de *fans* están leyendo en dos idiomas (muy pronto en tres, y ya se habla de la edición española, parece que en Buenos Aires no solamente se tocan tangos).

—Era un vestido precioso —dice Johnny—. No quieras saber cómo le quedaba a Lan, pero va a ser mejor que te lo explique delante de un whisky, si es que tienes dinero Dédée me ha dejado apenas trescientos francos.

Ríe burlonamente, mirando el Sena. Como si él no supiera procurarse la bebida y la marihuana.

Empieza a explicarme que Dédée es muy buena (y del libro nada) y que lo hace por bondad, pero por suerte está el compañero Bruno (que ha escrito un libro, pero nada) y lo mejor será ir a sentarse a un café del barrio árabe, donde lo dejan a uno tranquilo siempre que se vea que pertenece un poco a la estrella llamada Ajenjo (esto lo pienso yo, estamos entrando por el lado de Saint-Séverin y son las dos de la mañana, hora en que mi mujer suele despertarse y ensayar todo lo que me va a decir junto con el café con leche). Así pasa con Johnny, así nos bebemos un horrible coñac barato, así doblamos la dosis y nos sentimos tan contentos. Pero del libro nada, solamente la polvera en forma de cisne, la estrella, pedazos de cosas que van pasando por pedazos de frases, por pedazos de miradas, por pedazos de sonrisas, por gotas de saliva sobre la mesa, pegadas a los bordes del vaso (del vaso de Johnny). Sí, hay momentos en que quisiera que ya estuviese muerto. Supongo que muchos en mi caso pensarían lo mismo. Pero cómo resignarse a que Johnny se muera llevándose lo que no quiere decirme esta noche, que desde la muerte siga cazando, siga salido (yo ya no sé cómo escribir todo esto) aunque me valga la paz, la cátedra, esa autoridad que dan las tesis incontrovertidas y los entierros bien capitaneados.

De cuando en cuando Johnny interrumpe un largo tamborileo sobre la mesa, me mira, hace un gesto incomprensible y vuelve a tamborilear. El patrón del café nos conoce desde los tiempos en que veníamos con un guitarrista árabe. Hace rato que Ben Aifa quisiera irse a dormir, somos los únicos en el mugriento café que huele a ají y a pasteles con grasa. También yo me caigo de sueño pero la cólera me sostiene, una rabia sorda y que no va contra Johnny, más bien como cuando se ha hecho el amor toda una tarde y se siente la necesidad de una ducha, de que el agua y el jabón se lleven eso que empieza a volverse rancio, a mostrar demasiado claramente lo que al principio... Y Johnny marca un ritmo obstinado sobre la mesa, y a ratos canturrea, casi sin mirarme. Muy bien puede ocurrir que no vuelva a hacer comentarios sobre el libro. Las cosas se lo van llevando de un lado a otro, mañana será una mujer, otro lío cualquiera, un viaje. Lo más prudente sería quitarle disimuladamente la edición en inglés, y para eso hablar con Dédée y pedirle el favor a cambio de tantos otros. Es absurda esta inquietud, esta casi cólera. No cabía esperar ningún entusiasmo de parte de Johnny; en realidad jamás se me había ocurrido pensar que leería el libro. Sé muy bien que el libro no dice la verdad sobre Johnny (tampoco miente), sino que no he querido mostrar al desnudo su incurable esquizofrenia, el sórdido trasfondo de la droga, la promiscuidad de esa vida lamentable. Me he impuesto mostrar las líneas esenciales, poniendo el acento en lo que verdaderamente cuenta, el arte incomparable de Johnny. ¿Qué más podía decir? Pero a lo mejor es precisamente ahí donde está él esperándome, como siempre al acecho esperando algo, agazapado para dar uno de esos saltos absurdos de los que salimos todos lastimados. Y es ahí donde acaso está esperándome para desmentir todas las bases estéticas sobre las cuales he fundado la razón última de su música, la gran teoría del jazz contemporáneo que tantos elogios me ha valido en todas partes.

Honestamente, ¿qué me importa su vida? Lo único que me inquieta es que se deje llevar por esa conducta que no soy capaz de seguir (digamos que no quiero seguir) y acabe desmintiendo las conclusiones de mi libro. Que deje caer por ahí que mis afirmaciones son falsas, que su música es otra cosa.

—Oye, hace un rato dijiste que en el libro faltaban cosas.

(Atención, ahora.)

—¿Qué faltan cosas, Bruno? Ah, sí, te dije que faltaban cosas. Mira, no es solamente el vestido rojo de Lan. Están... ¿Serán realmente urnas, Bruno? Anoche volví a verlas, un campo inmenso, pero ya no estaban tan enterradas. Algunas tenían inscripciones y dibujos, se veían gigantes con cascos como en el cine, y en las manos unos garrotes enormes. Es terrible andar entre las urnas y saber que no hay nadie más, que soy el único que anda entre ellas buscando. No te aflijas, Bruno, no importa que se te haya olvidado poner todo eso. Pero, Bruno —y levanta un dedo que no tiembla—, de lo que te has olvidado es de mí.

—Vamos, Johnny.

—De mí, Bruno, de mí. Y no es culpa tuya no haber podido escribir lo que yo tampoco soy capaz de tocar. Cuando dices por ahí que mi verdadera biografía está en mis discos, yo sé que lo crees de verdad y además suena muy bien, pero no es así. Y si yo mismo no he sabido tocar como debía, tocar lo que soy de veras... ya ves que no se te pueden pedir milagros, Bruno. Hace calor aquí adentro, vámonos.

Lo sigo a la calle, erramos unos metros hasta que en una calleja nos interpela un gato blanco y Johnny se queda largo tiempo acariciándolo. Bueno, ya es bastante; en la plaza Saint-Michel encontraré un taxi para llevarlo al hotel e irme a casa. Después de todo no ha sido tan terrible; por un momento temí que Johnny hubiese elaborado una especie de antiteoría del libro, y que la probara conmigo antes de soltarla por ahí a todo trapo. Pobre Johnny acariciando un gato blanco. En el fondo lo único que ha dicho es que nadie sabe nada de nadie, y no es una novedad. Toda biografía da eso por supuesto y sigue adelante, qué diablos. Vamos, Johnny, vamos a casa que es tarde.

—No creas que solamente es eso —dice Johnny, enderezándose de golpe como si supiera lo que estoy pensando—. Está Dios, querido. Ahí sí que no has pegado una.

—Vamos, Johnny, vamos a casa que es tarde.

—Está lo que tú y los que como mi compañero Bruno llaman Dios. El tubo de dentífrico por la mañana, a eso le llaman Dios. El tacho de basura, a eso le llaman Dios. El miedo a reventar, a eso le llaman Dios. Y has tenido la desvergüenza de mezclarme con esa porquería, has escrito que mi infancia, y mi familia, y no sé qué herencias ancestrales... Un montón de huevos podridos y tú cacareando en el medio, muy contento con tu Dios. No quiero tu Dios, no ha sido nunca el mío.

—Lo único que he dicho es que la música negra...

—No quiero tu Dios —repite Johnny—. ¿Por qué me lo has hecho aceptar en tu libro? Yo no sé si hay Dios, yo toco mi música, yo hago mi Dios, no necesito de tus inventos, déjaselos a Mahalia Jackson y al Papa, y ahora mismo vas a sacar esa parte de tu libro.

—Si insistes —digo por decir algo—. En la segunda edición.

—Estoy tan solo como este gato, y mucho más solo porque lo sé y él no. Condenado, me está plantando las uñas en la mano. Bruno, el jazz no es solamente música, yo no soy solamente Johnny Carter.

—Justamente es lo que quería decir cuando escribí que a veces tú tocas como...

—Como si me lloviera en el culo —dice Johnny, y es la primera vez en la noche que lo siento enfurecerse—. No se puede decir nada, inmediatamente lo traduces a tu sucio idioma. Si cuando yo toco tú ves a los ángeles, no es culpa mía. Si los otros abren la boca y dicen que he alcanzado la perfección, no es culpa mía. Y esto es lo peor, lo que verdaderamente te has olvidado de decir en tu libro, Bruno, y es que yo no valgo nada, que lo que toco y lo que la gente me aplaude no vale nada, realmente no vale nada.

Rara modestia, en verdad, a esa hora de la noche. Este Johnny...

—¿Cómo te puedo explicar? —grita Johnny poniéndome las manos en los hombros, sacudiéndome a derecha y a izquierda. *(La paix!,* chillan desde una ventana)—. No es una cuestión de más música o menos música, es otra cosa... por ejemplo, es la diferencia entre que Bee haya muerto y que esté viva. Lo que yo toco es Bee muerta, sabes, mientras que lo que yo quiero, lo que yo quiero... Y por eso a veces pisoteo el saxo y la gente cree que se me ha ido la mano en la bebida. Claro que en realidad siempre estoy borracho cuando lo hago, porque al fin y al cabo un saxo cuesta muchísimo dinero.

—Vamos por aquí. Te llevaré al hotel en taxi.

—Eres la mar de bueno, Bruno —se burla Johnny—. El compañero Bruno anota en su libreta todo lo que uno le dice, salvo las cosas importantes. Nunca creí que pudieras equivocarte tanto hasta que Art me pasó el libro. Al principio me pareció que hablabas de algún otro, de Ronnie o de Marcel, y después Johnny de aquí y Johnny de allá, es decir que se trataba de mí y yo me preguntaba ¿pero éste soy yo?, y dale conmigo en Baltimore, y el *Birdland,* y que mi estilo... Oye —agrega casi fríamente—, no es que no me dé cuenta de que has escrito un libro para el público. Está muy bien y todo lo que dices sobre mi manera de tocar y de sentir el jazz me parece perfectamente O. K. ¿Para qué vamos a seguir discutiendo sobre el libro? Una basura en el Sena, esa paja que flota al lado del muelle, tu libro. Y yo esa otra paja, y tú esa botella que pasa por ahí cabeceando. Bruno, yo me voy a morir sin haber encontrado... sin...

Lo sostengo por debajo de los brazos, lo apoyo en el pretil del muelle. Se está hundiendo en el delirio de siempre, murmura pedazos de palabras, escupe.

—Sin haber encontrado —repite—. Sin haber encontrado...

—¿Qué querías encontrar, hermano? —le digo—. No hay que pedir imposibles, lo que tú has encontrado bastaría para...

—Para ti, ya sé —dice rencorosamente Johnny—. Para Art, para Dédée, para Lan... No sabes cómo... Sí, a veces la puerta ha empezado a abrirse... Mira las dos pajas, se han encontrado, están bailando una frente a la otra... Es bonito, eh... Ha empezado a abrirse... El tiempo... yo te he dicho, me parece, que eso del tiempo... Bruno, toda mi vida he buscado en mi música que esa puerta se abriera al fin. Una nada, una rajita... Me acuerdo en Nueva York, una noche. Un vestido rojo. Sí, rojo, y le quedaba precioso. Bueno, una noche estábamos con Miles y Hall... llevábamos yo creo que una hora dándole a lo mismo, solos, tan felices... Miles tocó algo tan hermoso que casi me tira de la silla, y entonces me largué, cerré los ojos, volaba. Bruno, te juro que volaba... Me oía como si desde un sitio lejanísimo pero dentro de mí mismo, al lado de mí mismo, alguien estuviera de pie... No exactamente alguien... Mira la botella, es increíble cómo cabecea... No era alguien, uno busca comparaciones. Era la seguridad, el encuentro, como en algunos sueños, ¿no te parece?, cuando todo está resuelto, Lan y las chicas te esperan con un pavo al horno, en el auto no atrapas ninguna luz roja, todo va dulce como una bola de billar. Y lo que había a mi lado era como yo mismo pero sin ocupar ningún sitio, sin estar en Nueva York, y sobre todo sin tiempo, sin que después... sin que hubiera después... Por un rato no hubo más que siempre... Y yo no sabía que era mentira, que eso ocurría porque estaba perdido en la música, y que apenas acabara de tocar, porque al fin y al cabo alguna vez tenía que dejar que el pobre Hall se quitara las ganas en el piano, en ese mismo instante me caería de cabeza en mí mismo...

Llora dulcemente, se frota los ojos con sus manos sucias. Yo ya no sé qué hacer, es tan tarde, del río sube la humedad, nos vamos a resfriar los dos.

—Me parece que he querido nadar sin agua —murmura Johnny—. Me parece que he querido tener el vestido rojo de Lan pero sin Lan. Y Bee está muerta, Bruno. Yo creo que tú tienes razón, que tu libro está muy bien.

—Vamos, Johnny, no pienso ofenderme por lo que le encuentres de malo.

—No es eso, tu libro está bien porque... porque no tiene urnas, Bruno. Es como lo que toca Satchmo, tan limpio, tan puro. ¿A ti no te parece que lo que toca Satchmo es como un cumpleaños o una buena acción? Nosotros... Te digo que he querido nadar sin agua. Me pareció... pero hay que ser idiota... me pareció que un día iba a encontrar otra cosa. No estaba satisfecho, pensaba que las cosas buenas, el vestido rojo de Lan, y hasta Bee, eran como trampas para ratones, no sé explicarme de otra manera... Trampas para que uno se conforme, sabes, para que uno diga que todo está bien. Bruno, yo creo que Lan y el jazz, sí, hasta el jazz, eran como anuncios en una revista, cosas bonitas para que me quedara conforme como te quedas tú porque tienes París y tu mujer y tu trabajo... Yo tenía mi saxo... y mi sexo, como dice el libro. Todo lo que hacía falta. Trampas, querido... porque no puede ser que no haya otra cosa, no puede ser que estemos tan cerca, tan del otro lado de la puerta...

—Lo único que cuenta es dar de sí todo lo posible —digo sintiéndome insuperablemente estúpido.

—Y ganar todos los años el referéndum de *Down Beat,* claro —asiente Johnny—. Claro que sí, claro que sí, claro que sí, claro que sí.

Lo llevo poco a poco hacia la plaza. Por suerte hay un taxi en la esquina.

—Sobre todo no acepto a tu Dios —murmura Johnny—. No me vengas con eso, no lo permito. Y si realmente está del otro lado de la puerta, maldi-

to si me importa. No tiene ningún mérito pasar al
otro lado porque él te abra la puerta. Desfondarla
a patadas, eso sí. Romperla a puñetazos, eyacular
contra la puerta, mear un día entero contra la
puerta. Aquella vez en Nueva York yo creo que
abrí la puerta con mi música, hasta que tuve que
parar y entonces el maldito me la cerró en la cara
nada más que porque no he rezado nunca, porque
no le voy a rezar nunca, porque no quiero saber
nada con ese portero de librea, ese abridor de
puertas a cambio de una propina, ese...

Pobre Johnny, después se queja de que uno no
ponga esas cosas en un libro. Las tres de la madrugada, madre mía.

Tica se había vuelto a Nueva York, Johnny se
había vuelto a Nueva York (sin Dédée, muy bien
instalada ahora en casa de Louis Perron, que pro-
mete como trombonista). Baby Lennox se había
vuelto a Nueva York. La temporada no era gran
cosa en París y yo extrañaba a mis amigos. Mi libro sobre Johnny se vendía muy bien en todas partes, y naturalmente Sammy Pretzal hablaba ya de
una posible adaptación en Hollywood, cosa siempre interesante cuando se calcula la relación fran-
co-dólar. Mi mujer seguía furiosa por mi historia
con Baby Lennox, nada demasiado grave por lo
demás, al fin y al cabo Baby es acentuadamente

promiscua y cualquier mujer inteligente debería
comprender que esas cosas no comprometen el
equilibrio conyugal, aparte de que Baby ya se había vuelto a Nueva York con Johnny, finalmente se
había dado el gusto de irse con Johnny en el mismo
barco. Ya estaría fumando marihuana con Johnny,
perdida como él, pobre muchacha. Y *Amorous*
acababa de salir en París, justo cuando la segunda
edición de mi libro entraba en prensa y se hablaba
de traducirlo al alemán. Yo había pensado mucho
en las posibles modificaciones de la segunda edición. Honrado en la medida en que la profesión lo
permite, me preguntaba si no hubiera sido necesario mostrar bajo otra luz la personalidad de mi
biografiado. Discutimos varias veces con Delaunay
y con Hodeir, ellos no sabían realmente qué acon-
sejarme porque encontraban que el libro era estupendo y que a la gente le gustaba así. Me pareció
advertir que los dos temían un contagio literario,
que yo acabara tiñendo la obra con matices que
poco o nada tenían que ver con la música de
Johnny, al menos según la entendíamos todos nosotros. Me pareció que la opinión de gentes autori-
zadas (y mi decisión personal, sería tonto negarlo a
esta altura de las cosas) justificaba dejar tal cual la
segunda edición. La lectura minuciosa de las revis-
tas especializadas de los Estados Unidos (cuatro
reportajes a Johnny, noticias sobre una nueva ten-

tativa de suicidio, esta vez con tintura de yodo, sonda gástrica y tres semanas de hospital, de nuevo tocando en Baltimore como si nada) me tranquilizó bastante, aparte de la pena que me producían estas recaídas lamentables. Johnny no había dicho ni una palabra comprometedora sobre el libro. Ejemplo (en *Stomping Around,* una revista musical de Chicago, entrevista de Teddy Rogers a Johnny): «¿Has leído lo que ha escrito Bruno V... sobre ti en París?» «Sí. Está muy bien.» «¿Nada que decir sobre ese libro?» «Nada, fuera de que está muy bien. Bruno es un gran muchacho.» Quedaba por saber lo que pudiera decir Johnny cuando anduviera borracho o drogado, pero por lo menos no había rumores de ningún desmentido de su parte. Decidí no tocar la segunda edición del libro, seguir presentando a Johnny como lo que era en el fondo: un pobre diablo de inteligencia apenas mediocre, dotado como tanto músico, tanto ajedrecista y tanto poeta del don de crear cosas estupendas sin tener la menor conciencia (a lo sumo un orgullo de boxeador que se sabe fuerte) de las dimensiones de su obra. Todo me inducía a conservar tal cual ese retrato de Johnny; no era cosa de crearse complicaciones con un público que quiere mucho jazz pero nada de análisis musicales o psicológicos, nada que no sea la satisfacción momentánea y bien recortada, las manos que marcan el ritmo, las caras que se aflojan beatíficamente, la música que se pasea por la piel, se incorpora a la sangre y a la respiración, y después basta, nada de razones profundas.

Primero llegaron los telegramas (a Delaunay, a mí, por la tarde ya salían en los diarios con comentarios idiotas); veinte días después tuve carta de Baby Lennox, que no se había olvidado de mí. «En Bellevue lo trataron espléndidamente y yo lo fui a buscar cuando salió. Vivíamos en el departamento de Mike Russolo, que anda en gira por Noruega. Johnny estaba muy bien, y aunque no quería tocar en público aceptó grabar discos con los chicos del Club 28. A ti te lo puedo decir, en realidad estaba muy débil (ya me imagino lo que quería dar a entender Baby con esto, después de nuestra aventura en París) y de noche me daba miedo la forma en que respiraba y se quejaba. Lo único que me consuela —agregaba deliciosamente Baby—, es que murió contento y sin saberlo. Estaba mirando la televisión y de golpe se cayó al suelo. Me dijeron que fue instantáneo.» De donde se deducía que Baby no había estado presente, y así era porque luego supimos que Johnny vivía en casa de Tica y que había pasado cinco días con ella, preocupado y abatido, hablando de abandonar el jazz, irse a vivir a México y trabajar en el campo (a todos les da por ahí en algún momento de su vida, es casi aburrido), y que Tica lo vigilaba y hacía lo posible por

91

tranquilizarlo y obligarlo a pensar en el futuro
(esto lo dijo luego Tica, como si ella o Johnny hu-
bieran tenido jamás la menor idea del futuro). A
mitad de un programa de televisión que le hacía
mucha gracia a Johnny, empezó a toser, de golpe
se dobló bruscamente, etc. No estoy tan seguro de
que la muerte fuese instantánea como lo declaró
Tica a la policía (tratando de salir del lío descomunal en que la había metido la muerte de Johnny en
su departamento, la marihuana que había al alcance de la mano, algunos líos anteriores de la pobre
Tica, y los resultados no del todo convincentes de
la autopsia. Ya se imagina uno todo lo que un médico podía encontrar en el hígado y en los pulmones de Johnny). «No quieras saber lo que me dolió
su muerte, aunque podría contarle otras cosas —a-
gregaba dulcemente esta querida Baby— pero alguna vez cuando tenga más ánimo te escribiré o te
contaré (parece que Rogers quiere contratarme
para París y Berlín) todo lo que es necesario que
sepas, tú que eras el mejor amigo de Johnny.» Y
después de una carilla entera dedicada a insultar a
Tica, que de creerle no sólo sería causante de la
muerte de Johnny sino del ataque a Pearl Harbor y
de la Peste Negra, esta pobrecita Baby terminaba:
«Antes de que se me olvide, un día en Bellevue pre-
guntó mucho por ti, se le mezclaban las ideas y
pensaba que estabas en Nueva York y que no que-

rías ir a verlo, hablaba siempre de unos campos llenos de cosas, y después te llamaba y hasta te decía
palabrotas, pobre. Ya sabes lo que es la fiebre.
Tica le dijo a Bob Carey que las últimas palabras
de Johnny habían sido algo así como: «Oh, hazme
una máscara», pero ya te imaginas que en ese momento...» Vaya si me lo imaginaba. «Se había puesto muy gordo», agregaba Baby al final de su carta,
«y jadeaba al caminar». Eran los detalles que cabía
esperar de una persona tan delicada como Baby
Lennox.

Todo esto coincidió con la aparición de la segunda edición de mi libro, pero por suerte tuve
tiempo de incorporar una nota necrológica redac-
tada a toda máquina, y una fotografía del entierro
donde se veía a muchos jazzmen famosos. En esa
forma la biografía quedó, por decirlo así, completa. Quizá no esté bien que yo diga esto, pero como
es natural me sitúo en un plano meramente estético. Ya hablan de una nueva traducción, creo que al
sueco o al noruego. Mi mujer está encantada con la
noticia.

El perseguidor está incluido en la recopilación de relatos de Julio Cortázar, publicada por Alianza Editorial en cuatro volúmenes dentro de la colección «El Libro de Bolsillo» (1. «Ritos», núm. 615; 2. «Juegos», núm. 624; 3. «Pasajes», núm. 631 y 4. «Ahí y ahora», núm. 1128).

Otras obras del autor en Alianza Editorial:

Los relatos (LB 615, 624, 631, 1128)
Rayuela (LB 1266)
Octaedro (LB 1286)

Títulos de la colección: